엑시트

E X I T

황선미 장편소설

비룡소

차례

1.
긴급 공지

아이디 21이 전화를 받지 않는다.

끊었다 다시 걸기를 벌써 여섯 번째. 씨엔톡 회원 열댓 명에게 홈페이지의 공지 사항을 확인시키기는 수월했다. 이 사람하고만 불통이다.

다른 회원과 달리 인적 사항은 물론 실명 기재도 안 된 사람이 전화까지 받지 않으니 쓸데없는 짓에 매달려 있다는 생각이 들었으나 이러는 것 말고 장미가 달리 할 수 있는 게 없었다. 실장도 아이디 21을 제대로 떠올리지 못하는 마당에 두 달 갓 넘은 보조가 상대를 막연하게 느끼는 거야 당연했다. 장미가 뭘 느끼든지 무슨 생각을 하든지 긴급 공지 안내는 사장이 시킨 일이었다.

회원들에게 빠짐없이 연락해. 아무도 헛걸음하지 않게.

21이 전화를 받지 않는다고 했을 때 실장은 병뚜껑 따듯이 툭 뱉었다.

어쨌든 알려.

21이 사장에게 중요하다고 실장이 흘렸던 말을 장미는 기억했다. 그게 다른 회원들과는 월등히 차이가 나는 회비를 두고 하는 말이라는 것도 눈치챘다. 영화를 보고 잡담까지 마치고 일어나며 십시일반 내게 돼 있는 회비를 21은 매번 계좌로 입금한다고 했다. 모임에는 거의 나오지도 않으면서 꼬박꼬박. 그것도 제법 많이. 그 정도면 21은 이쪽에서 최대한 예의를 갖춰야 할 고정 기부자인 셈이었다.

실장 쪽 분위기가 아무래도 조용히 넘어갈 것 같지 않았다. 실장은 아까부터 사진 문제로 손님과 신경전을 벌이는 중이었다. 저도 모르게 그쪽을 흘끔거리면서도 장미는 내내 사장의 눈에 띄는 자리에서 통화에 집중하는 척했다. 사장이 또 무슨 일을 시킬지 몰라 대기하는 모양새였으나 시키는 일을 처리하느라 애쓰고 있다는 걸 보여 주려는 속내가 더 컸고 도무지 통화가 되지 않아 걱정이라는 듯 미간을 찡그리는 짓 역시 혹시라도 사장이 이쪽을 볼 때를 대비한 영악스러운 짓이었다. 실장이 붙잡힌 문제와 거리를 두기에도 긴급 공지 안내는 적당한 구실이었다.

이 정도면 21은 전화기 너머에 없다. 어쩌면 가짜. 장미는 그렇게 생각했다. 인내심을 가지라는 듯 지루한 신호음 끝에는 '없는 번호'가 아니라 '나중에 다시 걸어 달라'는 멘트가 붙어 있었다.

다들 바쁜 틈에서 통화 버튼이나 재차 누르며 일하는 척하는 게 처음에는 좀 재미있었는데 슬슬 짜증이 나기 시작했다. 손톱을 잘근거리는 바람에 긁혀 떨어진 매니큐어가 앞니에 들러붙는 것도 찝찝했다. 싸구려 매니큐어. 진주가 좋은 걸 샀을 리 없다.

그녀 혹은 그가 전화를 받든 말든 장미로서는 관심 없었다. 사회복지회에서 갑자기 아기들을 데려온다는 연락에 사장이 정기 상영을 취소하고 사진 배경을 세팅하느라 정신없는 것도 마찬가지. 이것들은 사장 일이거나 이 사진관의 일인 것이다. 장미 머릿속에는 오로지 아기들이 오기 전에 여기서 나가고 싶다는 생각뿐이었다.

베이비 소품에 신경 좀 쓸걸.

아까부터 사장은 그게 걸리는 모양이었다.

사회복지회에서 아기 데려오는 일이 처음도 아닌데 허둥
댈 만큼 사장이 예민해진 건 방송국의 연락 때문이었다.

입양 떠나는 아기 사진을 무료로 찍어 주는 사진관을 취
재하고 싶다는 요청이 온 건 점심때가 훌쩍 넘어서였다. 방
송국의 전화 한 통은 정기 모임을 간단히 제치고 시설 아기
들을 갑자기 데려올 만큼 중요하거나 혹은 위력이 있었다.
뭘 잘 모르는 장미 눈에도 몇 시간 전에야 그런 요청을 한다
는 건 상식 밖이었다. 분명히 방송국의 어떤 문제로 대타가
된 상황인데도 사장은 망설이지 않고 수락했다. 그는 곧바로
홈페이지에 씨엔톡 일정 변경을 공지하고 안내 전화를 돌리
게 했다. '시설의 아기들 문제'라는 이유를 반드시 밝히라고
도 했다. 갑작스러운 공지라 미처 보지 못하는 회원이 분명
히 있을 테고 개개인에게 설명하는 태도가 여러모로 효과적
이라는 판단에서였다. 사장의 당부는 회원들을 쉽게 이해시
켰다. 재량껏 내는 회비가 아무리 소액이라도 아동 보호시설
에 '기부' 된다는 사실에 일종의 자부심을 갖는 이들이라 별
이의가 없었다.

방송을 위해서 아기들마저 동원됐을 거라고 생각하는 건
장미의 좋지 않은 경험 탓이었다. 대개 시설에서 아기를 데

려올 때는 이렇게 느닷없이 들이닥치지 않았다. 어차피 어디로든 떠나게 될 아기들이 미리 움직인다고 문제될 리 없겠지만. 따지고 보면 아기 사진을 찍어 주는 사진사에게 촬영 날짜야 오늘이든 보름 뒤든 별 차이는 없을 것이다. 어쨌거나 미담 사례자로 사장은 적절한 사람이었다. 지금은 온갖 매체가 새삼스레 아동의 권리라든가 아이다운 삶이 어쩌고저쩌고 하는 때. 아이들에게 마이크를 갖다 대거나 해맑은 표정을 클로즈업하기 좋은 5월이다.

세상이 온통 아이들에게 아양을 떨어 대는 것 같은 이때 입양의 어떤 장면을 카메라에 담겠다는 의도는 시청자들에게 제법 진지한 인상을 남길 수 있을지 모른다. 관계자들의 역할을 주목하게 만들 테니 방송사 측도 사회복지회 입장에서도 더없는 선택이었을 것이다. 그건 동네 사진관을 벗어나지 못하는 사장에게도 거절할 수 없는 요청이 분명했다. 자존심 같은 정기 모임을 간단히 취소할 만큼 그에게 방송국 카메라는 매력적이었던 것이다. 이번 상영 작품이 사장의 선택이 아니라 어떤 회원이 고심 끝에 적극 추천했던 다큐 영화라고 해도 말이다.

드러내지 않았을 뿐 사장은 영화를 전공하고도 물려받은

사진관에 매어 버린 자기 처지를 마뜩찮아 하는 사람이었다. 사진관 작업은 주로 오 선생 일이고 여기서 제대로 고정 수입을 챙기는 사람도 그였다. 사장은 대외적인 활동에 더 적극적이었다. 복지관이나 백화점 문화센터 수업이라든지 주부 사진 동호회 같은 것들. 최근에는 주말마다 학생들과 시설 아이들을 찾아가 성장을 기록해 주는 모임 하나를 더 시작했다.

그가 대외 활동에 적극적일 수 있는 건 성실한 오 선생과 오래됐을망정 제법 널찍한 이 사진관이 그의 소유인 덕분이었다. 영화 모임 씨엔톡은 광고를 하지 않아도 알음알음으로 찾아오는 사람이 있을 만큼 알려진 편이었다. 매달 한 번씩 카메라 장비를 한쪽으로 치우고서 회원들과 영화를 보고 담소를 나누는 일에 사장은 자부심을 가진 편이었고 어울리는 게 좋은 사람들 덕에 모임은 고정 회원들로 유지되고 있었다. 그러나 그에게 영화가 어떤 의미든 지금은 적당한 구실로 밀려났고 그는 방송국 취재 요청에 허둥대는 처지였다.

길 건너 포토 스튜디오와 모든 면에서 다르게 인식되어야 하는 건 사장에게 중요한 문제였다. 입양되는 아기 사진을 무료로 찍어 주는 일도 사진관 입구 한쪽을 가득 메우고 있는 국내 입양 홍보물 전단지도 그의 어떤 소신이라고 하기는 어렵다. 십시일반 들어오는 회비를 기부하는 일도 이미지 전략인 셈이었다. 정작 그는 결혼도 하지 않았고 실장이 그의 아기를 낙태했다는 사실은 출장 기사뿐 아니라 장미까지 눈치를 챈 비밀이었다. 그건 사장의 지역 활동이나 사회적 참여를 위선으로 깎아내리기에 충분한 빌미였다. 그러고도 그들은 여전히 연인 사이다. 장미가 여기서 잡일을 할 수 있게 된 이유가 바로 거기에 있었다. 손님 메이크업은 물론 우는 아기들 치다꺼리에 웨딩 스냅 촬영 때 짐까지 들던 여자가 배짱 좋게 허드렛일을 거부한 덕에.

실장이 보조 업무자를 구하는 전단지를 붙일 때 장미가 이 앞을 지나갔던 건 어쩌면 행운이었다. '사진을 좋아하는 분. 취약계층 우선시 함'. 취약계층. 그건 장미를 위해 붙은 조건 같았다. 장미는 이제껏 카메라나 사진에 대해서 특별히 생각해 본 적이 없었다. 다만 얼마라도 벌어야 할 처지였을 뿐이다. 몇 번 필름 카메라 수업 시간에 들어가 본 적이 있어서 형편 때문에 꿈을 포기한 청소년쯤으로 연기하는 건 어렵지 않았다. 그러나 취약계층임을 보여 주는 건 다른 문제였다. 돈 없고 의지할 데 없는 불쌍한 사람이 취약계층이라면 자신이 딱 맞춤 적임자였음에도 장미는 시종일관 사장의 눈을 피했을 만큼 취약한 자신을 증명하기가 어려웠다.

손가락의 거스러미를 잡아떼며 간신히 부모 동의서도 가족관계 증명서도 가져올 수 없다고 했다. 사장의 대답이 더 늦어졌으면 뛰쳐나가고 말았을 것이다. 왜 하필 그때 겨드랑이가 뻐근해지며 왼쪽 가슴이 젖어 버렸는지. 가슴의 압박 붕대가 젖기 전에 대답을 들어서 다행이었다.

장미는 그렇게 사진관 보조가 됐다. 근로 계약서를 쓰지 않는 대신 최저 시급에 턱없이 모자라는 돈을 받기로 하고. 사장이 무슨 생각으로 받아들였는지 장미로서는 알 수 없었고 알고 싶지도 않았다. 어쨌거나 더없는 일자리였다. 그러나 사장이 보조의 월급봉투를 실장 앞에 함부로 툭 던졌을 때 취약계층이라는 게 배려가 아닌 언제든 함부로 잘려 나갈 취약한 계층임을 깨달아야만 했다. 사장과 실장 사이의 불안한 기류에 사진관 보조의 밥줄이 달려 있는 것이다.

사정이야 어떻든 두툼하게 느껴지던 봉투는 엄청나게 기분 좋았다. 만 원권에 오천 원, 심지어 천 원짜리까지 섞인 탓이었지만 장미가 돈이라는 걸 뭉텅이로 쥐어 보기는 그때가 처음이었다. 함부로 추잡스레 더듬던 손이 가슴에 찔러

넣던 푼돈이나 빈 통장에 숫자 몇 개로 찍히던 돈과는 차원이 다른 맛. 그 맛은 오래가지 않았다. 아껴 썼건만 손가락에서 모래가 빠져나가듯 보름도 안 돼서 돈뭉치가 죄다 없어져 버렸다.

하티와 진주 때문이었다. 월급이 허무하게 사라진 뒤에야 장미는 돈의 무게가 무엇인지 어렴풋이 알았다. 돈은 숫자가 아니라 두툼하게 잡히는 자존심이었다. 제대로 일했다는 증거. 사람처럼 살았다는 확인. 진주에게 불평도 좀 할 수 있게 해 주는 것. 그걸 위해서라도 장미는 여기서 쫓겨나지 않을 참이었다.

처음 일하러 와서 했던 게 하필 지치도록 우는 아기들 어르기였다. 듣기에 그럴듯한 업무 보조라는 게 여기서는 손님 시중들고 온갖 뒷정리에 우는 아기 달래고 재롱떠는 일이다. 위탁모에게 안겨 온 아기들 앞에서 '아가야 착하지. 아르르 까꿍' 소리나 하면서 딸랑이를 흔드는 게 노래방 알바보다 나을 게 없다는 걸 첫날부터 알았지만 월급을 받기로 한 일이었다. 낮에 일하고 밤에는 집에 누워 있어도 되는 일. 업무 보조. 촬영 보조. 여태껏 전전했던 어떤 일보다 폼 나게 들리는 말이다. 진주도 그랬다. 어쭈, 너 뭐가 좀 된 것 같다.

입술이 파래지도록 울고 또 우는 아기들을 참아내는 게 장미에게는 노래방의 진상을 견뎌야 하는 것만큼이나 힘들었다. 우느라 코를 질질 흘리고 진이 빠져서 똥까지 지리는 아기들 앞에서 재롱떠는 게 비명 지르고 싶을 만큼 싫었다. 하티 앞에서는 단 한 번도 한 적 없는 짓이었다.

끔찍한 것들. 그 작은 머리에 뭐가 들었다고 사람을 가리고 별짓 다 해도 경계하는지. 웃어도 웃는 게 아니라는 걸 본능적으로 알아본 듯한 눈빛이라니. 혀 짧은 소리로 어르고 비위 맞춰도 꺼려 하던 아기는 떠올리기도 싫다.

위탁모 가슴에 달라붙어 우는 구순열 아기가 혐오스러운 적도 있었다. 학생이라 아기 보는 게 서툴구나. 위탁모가 안쓰럽다는 듯 건넨 말도 위로가 되지 못했다. 사실은 '학생' 소리가 더 거슬렸다. 그런 아기들, 그런 상황을 또 겪어야 한다는 생각만으로도 장미는 속이 거북해지는 중이었다.

"장난해? 그래서 어쩌겠다는 건데!"

손님의 히스테릭한 반말이 자기 일에 몰두했던 모두를 집중시켰다. 짜증이 폭발해서 목소리 커진 거야 그렇다 쳐도 열댓 살은 더 먹었을 실장에게 반말을 쏴붙이고 눈을 부라리는 임산부의 도발은 뜻밖이었다. 서너 차례 봤을 뿐이나,

볼 때마다 신경이 거슬려서 장미는 되도록 시선도 피했던 여자였다. 그러나 속을 까뒤집은 듯한 반말이 여자를 똑바로 쳐다보게 만들었다.

풋. 장미는 묘한 쾌감을 느꼈다. 남자들에게는 뷰파인더 앞에서 감동적이던 피사체의 실체가 확인되는 순간이었다. 만삭의 곡선으로 성숙하고 풍만한 여성성을 보여 주는가 하면 어린애 같은 표정마저 연출하던 여자가 망가진 구조물처럼 일그러져 거친 숨을 내뱉고 있으니. 카메라에서 눈도 못 떼고 셔터를 눌러 대던 사장마저 찡그린 채 그쪽을 쏘아보았다.

자꾸만 웃음이 비어져서 장미는 입술을 깨물어야만 했다. 잘해야 서너 살이나 더 먹었을까. 카메라 앞에서 여우 짓할 때부터 봐 주기가 역겨웠다. 반라의 차림으로 제 남자에게 안긴 채 모두의 시선을 즐기던 그때 표정이 아직도 역력하다. 자기가 뭘 가졌는지 보라는 듯 여자가 요염하게 굴었던 게 하찮은 심부름이나 하는 보조가 하필이면 같은 공간에 있었기 때문이라고 생각했던 건 장미의 피해 의식일 수 있었다. 어쨌든 만삭 사진이 원래 그렇게 찍는 것이라고 해도 장미는 소름이 돋을 만큼 여자의 그때 그 모든 게 비위 상했다. 어느 정도 사장 탓이기도 했다. 일하는 중이었다 해도 장미 눈에는 사장이 카메라를 빌어 남의 여자를 훔쳐보는 것으로밖에는 안 보였다.

앳된 임산부는 혼자서 집요하게 신경질적으로 버티고 있었다. 손님임을 무기로 실장을 기어이 꺾으려는 기세였다. 임부복이 볼썽사납게 말려 올라간 것도 가슴이 훤히 보일 정도로 앞섶이 벌어진 것도 터질 듯한 배가 불안하게 떨리는 것도 여자는 개의치 않았다.

"그러니까요, 초음파 사진은 병원에서 또……."

"기막혀! 지금, 뭐래?"

재발신 버튼을 누르며 돌아섰으나 장미는 벽에 걸린 거울로 그들을 고스란히 볼 수 있었다. 다시 반복되는 신호음. 어느새 손바닥이 땀으로 찐득해졌다. 전화기를 너무 오래 들고 있었다. 손바닥이 뜨겁다.

여자는 아기 성장 앨범 제작을 의뢰한 고객이고 최근에 만삭 사진을 찍었다. 콩알만 한 흔적에 불과한 것부터 구부린 손가락뼈가 훤히 보이는 24주 초음파 사진까지 챙겨와 늘어놓으면서 세상에 하나뿐인 기록 어쩌구 할 때부터 장미는 여자를 똑바로 볼 수가 없었다. 거북했다. 사실 여자는 구식 냄새가 나는 이 사진관보다 새로 지어진 건너편 포토 스튜디오에 더 어울릴 사람이었다. 장미의 이런 생각은 여자의 인상 때문이라고만 하기에는 좀 복잡한 편이었다.

스무 살이 갓 넘었을 듯한 임산부. 더 앳돼 보였던 그녀의 남자. 부모가 되기에 너무 어려 보였는데도 햇살 세례라도 받는 것처럼 그들은 자유롭고 구김살이 없었다. 그늘이라고는 찾아볼 수가 없는. 게다가 수줍은 척하던 여자의 속살이 드러났을 때 사장이 자기도 모르게 감탄하던 일. 그 은밀한 신음은 다분히 의심스러웠다. 바로 옆에 있던 장미한테나 들릴 정도의 순간적 반응이었으나 탁자에서 사진을 정리하던 실장이 감지하고 싸한 표정으로 나가 버렸을 만큼 불순한 데가 있었던 반응. 장미도 본능적으로 알아챘다. 실장과 그렇고 그런 사이라도 결혼은 생각 없는 사장에게 앳된 임산부가 어떤 환상을 불러일으켰을지.

푸르스름하게 정맥이 내비치는 풍만한 가슴골에 머리카락을 늘어뜨리며 교태 부리던 여자도 거슬렸지만 배꼽 아래쪽에 지렁이가 기어간 흔적처럼 터진 살갗이 장미를 더 예민하게 만들었다고 할 수 있다. 그 속에 24주를 넘긴 태아가 거꾸로 들어 있는 모양이 자꾸 떠올라서 속이 메슥거렸을 지경이니까. 실장의 책상에서 24주 초음파 사진을 본 탓이었다. 노려보듯 이쪽으로 고정된 눈. 기형적으로 보이는 앙상한 뼈와 퀭한 그 눈을 봐 버린 게 장미는 정말이지 너무나 불편했다.

장미의 기억에 사랑스러운 아기란 없었다. 초음파 사진에 대한 솔직한 인상도 배 속의 미라와 다를 바 없었다고 해야 할 것이다. 어떤 의도를 가진 덩어리. 끔찍한 기억을 확인시키는 불순한 증거. 사장과 실장이 초음파 사진을 보면서 예쁘다고 입에 발린 소리를 하는 것도 장미는 이해하지 못했다.

"그게 얼마나 중요한지 당신이 알아? 24주 기록이야. 병원에서 다시 받고 말고의 문제가 아닌 거 몰라요? 나한테는 그거 자체가 중요한데? 그걸 잃어버렸잖아. 여기서 당신이! 찾아요. 어딘가 있을 거 아냐!"

임산부의 신경질이 통제가 안 될 정도였다.

장미는 저도 모르게 마른침을 삼켰다.

실장의 눈이 차갑게 변해 버렸다. '그게 얼마나 중요한지 당신이 알아?' 소리가 그저 욕 대신 나온 소리라고 해도 분명히 실장을 닮고 말았다.

실장의 저런 표정은 처음이었다. 저런 면 덕분에 어시스트를 거부하고 있지도 않은 실장 자리를 만들어 가졌을 것이다. 아무튼 그 말이 반말보다 더 실장을 자극했다는 걸 여기서 모를 사람이 없었다.

실장이 임산부를 후려치기라도 할 것 같았는지 사장이 끼어들었다. 사장은 최대한 정중하게 고객을 진정시켰다. 이 소란이 길어지는 건 그에게 치명적일 터였다. 머지않아 방송국 카메라가 들어올 것이다. 혹시라도 일을 그르칠까 봐 사장의 신경은 아주 예민해져 있었다. 간신히 억누르고 있지만 실장에 대한 분노 또한 역력했다.

기어이 임산부가 울음을 터트렸다. 모두의 시선이 짜증과 걱정으로 교차되었다.

장미는 어금니를 깨물었다.

일정한 신호음과 뇌를 자극하는 파장. 손에 땀이 차서 전화기를 놓칠 것만 같았다. 넌덜머리 나는 소리가 세반고리관을 찌르고 있었다. 장미는 손톱을 잘근잘근 깨물며 주변을 살폈다. 매니큐어가 떨어지다 못해 손톱 밑이 쓰라렸다. 뭘 해도 이 짓보다는 낫겠다. 머리가 지끈거렸다.

때마침 문이 열렸다.

왼쪽 눈썹에 고리를 끼운 여자가 들어왔다.

장미는 전화기를 귀에서 떼며 여자를 물끄러미 바라보았다.

눈썹 피어싱. 까만 장식이 달린 링 두 개. 귀나 코가 아니라 눈썹이다. 여자와 눈이 마주치는 순간 장미는 밀도 높은 공기가 훅 다가오는 걸 느꼈다. 뭐랄까. 두려움 비슷한 기운이었다. 여자는 처음 귀가 찢어지던 느낌마저 상기시켰다.

독한 년. 진주는 장미의 귓불에 얼음을 대고 있다가 자기 귀걸이로 장미의 귓불을 뚫었다. 귓불이 얼어서 아픈 건 몰랐으나 살이 찢어지던 미세한 감각은 아직도 소름 끼치게 남아 있다.

왜 하필 그 일이 떠올랐을까. 여자의 눈썹이 아파 보였을까. 길거리에 피어싱 한 애들은 널렸다. 그 때문은 아니었다. 다소 거뭇해 보이는 입술과 무표정. 감정이 빠져나간 듯한 여자 얼굴이 상대를 멈칫하게 만들고 있었다. 묘하게 낯설고 거리감이 느껴지는 여자였다. 처음 보는 사람이니 낯선 거야 당연한데 어쩐지 길에서 흔히 볼 수 있는 사람이 아닌 듯한 분위기. 어디 먼 데서 온 사람처럼 여자를 둘러싸고 있는 공기는 확실히 좀 달랐다.

자동으로 닫혔던 문이 다시 열렸다. 곧이어 다리를 저는 것처럼 걷는 게 부자연스러운 청년이 들어왔다. 대학생 같기

도 하고 아닌 것 같기도 한, 나이를 짐작하기 어려울 만큼 표
정이 굳은 청년이었다. 얼핏 보기에도 그들은 일행이었다. 그
들은 문 앞에 서서 사진관을 훑어보고 장미를 보았다. 어색
해서였을까. 여자의 눈은 장미를 비껴나 입구 쪽 입양 홍보
물에 머물렀다.

조금 전 소란은 거짓말처럼 잦아들었으나 사장도 실장도
임산부에게 신경 쓰느라 손님 쪽으로 시선을 돌리지 못했다.
오 선생은 이쪽을 흘깃 돌아보았을 뿐이었다. 손님맞이야 자
기 일도 아니고 방송국 취재로 인해 제때 퇴근이 어려울지도
모르는 상황이라 더 무신경하게 구는 것이다. 오 선생은 조
용한 만큼 소극적인 사람이었다. 그는 사장이 하는 일에 가
타부타 하지 않고 주어진 일을 깔끔히 처리하는 것으로 분
명히 선을 그었다.

어차피 받지도 않을 전화를 끊고 장미는 그들에게 창문
쪽 소파를 가리켰다. 낡은 소파지만 이 사진관에서 제법 몫
을 하는 소품이었다. 그냥 보면 낡았는데 카메라에 고풍스럽
게 잡힌다는 게 장점이고 처음 온 사람들이 한 마디쯤 하게
만드는 매력도 있었다. 꽤 오래된 거네요. 좋은 가죽이라 엔
틱 느낌이 제대로 나요. 프레임도 나무 장식도 아무 데서나

보는 게 아닌걸요.

그들은 소파 끄트머리에 조심스레 앉았다. 소파 같은 건 신경도 쓰지 않았다. 첫인상과 달리 어찌나 조심스러운지 장미는 편하게 앉으라고 말할 뻔했다.

"잠깐만 기다리세요. 실장님 곧 오실 거예요."

여자가 남자를 돌아보았다. 장미는 여자가 자기 말을 못 알아들었다고 생각했다. 남자가 여자에게 자기들끼리만 알아들을 소리로 짧게 뭐라고 했다. 억양이 강한 외국어였다. 외국인처럼 생기지 않았는데 말을 알아듣지 못한다는 게 여자의 인상을 더 묘하게 만들었다.

"마실 것 좀 드릴까요? 원두커피, 녹차, 허브티, 주스도 있는데요."

장미는 저도 모르게 남자에게 띄엄띄엄 물었다.

이번에도 여자는 알아듣지 못했다.

똑바로 보지 않고도 장미는 여자를 뜯어볼 수 있었다. 화장기가 없는 얼굴. 주근깨도 많고 피부도 거뭇하고 예쁘지도 않다. 촌스러워 보이는데 개성적으로 느껴지는 건 피어싱 때문일까. 쌍꺼풀 없이 갸름한 눈꼬리 탓일까. 여자의 뒷목에 언뜻 장미의 시선이 쏠렸다. 괴기스러운 문신이 헐렁하게 벌어진 옷 속에서 드러나 있었다. 움츠려 있다가 슬그머니 고개를 내밀듯.

남자가 살짝 인상을 구기며 손을 까딱 움직였다. 괜찮다는 뜻이었다. 장미는 실장 쪽을 보았다. 타협이 잘됐는지 사장은 다시 자기 일로 돌아갔다. 임산부는 여전히 부루퉁한 채 가방을 챙겼고 실장은 종이봉투에 임산부가 맡긴 것들을 담아 주었다. 앨범 제작을 중단하기로 합의를 본 듯했다.

막 전화가 왔고 사장의 표정이 이내 밝아졌다. 실장 역시 이쪽 손님을 쳐다보며 평소보다 과장된 톤으로 인사를 건넸다. 아직 나가지 않고도 임산부는 그렇게 무시됐다.

"어이, 막내!"

사장이 다시 카메라 쪽으로 가며 장미를 불렀다. 장미는 냉큼 달려갔다.

"다른 회원들께는 다 알렸는데 아이디 21은 전화를 안 받아서요. 열 번도 넘게 해 봤는데, 전화 받기 어려우신가 봐요."

사장은 장미의 거짓말 섞인 걱정을 신경 쓰지 않았다.

"우리, 막대사탕 없지? 그거 열 개만 사 와."

"아기들이 열 명 와요?"

"얼른."

"이번에는 꽤 많이 오네요."

장미가 머뭇거리자 사장이 힐끗 쳐다보았다. 막대사탕을 사 오라고만 했지 돈을 주지 않아서 너스레를 좀 떨었건만 눈치채고도 무시하는지 정말 모르는지 사장은 잠자코 자기 일로 돌아갔다. 장미는 어금니를 깨물며 파우치를 챙겼다. 소파의 두 사람을 대하는 실장의 목소리가 명랑했다.

간신히 참고 있는 사람들을 건드리는 건 어리석은 짓이다. 임산부로 인한 분란을 덤터기 쓰기 싫어서 나오기는 했으나 억울하게 주머니 털리는 기분이 아주 더러웠다. 나중에라도 막대사탕값을 줄지, 월급에 보태서 줄지 알 수 없는 노릇이 었다. 잠깐 취재 오는 걸 방송국이 온다고 떠벌리는 사람이 막대사탕값을 기억이나 할까. 영수증을 실장에게 갖다 주는 수밖에. 그나저나 막대사탕 열 개면 주머닛돈이 다 털리고 만다. 열 개나 살 돈이 될까.

사진관을 겨우 벗어났을 때였다. 장미는 몸이 경직된 채 우뚝 서 버렸다. 속에서 뜨겁고 물컹한 것이 쑥 빠져나와 다리 안쪽을 타고 흘렀다. 예고도 없이 생리가 시작됐다. 다섯 달인가 여섯 달 만이었다. 엉뚱한 날짜에 양도 엄청난 것 같다. 약 때문인지 어제저녁부터 가슴이 뻐근하기는 했다. 생리

주기라든가 날짜 같은 걸 따져 본 적 없지만 생리 때문에 불편을 겪는 게 월초가 아니라는 것쯤은 알고 있었다.

장미는 최대한 괄약근을 조이고 출혈을 막으려고 애쓰며 상가 화장실로 갔다. 소용없었다. 자기 몸이라도 의지대로 안 될 때가 있는데 이 경우 역시 그랬다. 엉덩이 아래쪽이 벌써 흥건히 젖었다. 뭉텅뭉텅 빠져나오는 뜨거운 덩어리. 이런 생리 현상은 처음이었다. 갈아입을 옷은 고사하고 생리대도 챙기지 못한 상황이었다.

일이 꼬이고 있었다. 커피숍에 방송국에서 온 것 같은 사람들이 앉아 있는 게 유리벽 너머로 보였다. 그들은 방송국 로고가 붙은 카메라를 탁자에 두고 종이를 들여다보며 뭔가 의논 중이었다.

장미는 긴장한 채 커피숍을 지나 황급히 화장실로 들어갔다. 하필 거기서 누가 나오는 중이었고 조심성 없던 장미와 부딪히고 말았다. 파우치가 떨어져서 주우려는 찰나, 속에서 또 한 뭉텅이가 빠져나왔다. 안쪽 다리를 타고 바닥에 툭 떨어진 핏방울.

"아, 씨바……."

장미는 거치적거리는 상대를 신경질적으로 밀치고 들어

가 화장실 문을 잠갔다. 그리고 변기에 배설을 맡겼다. 도대체 속에서 무슨 일이 벌어진 걸까. 변기가 온통 피다. 양쪽 허벅지와 팬티를 흥건히 적신 건 그저 피가 아니었다. 드문드문 덩어리도 있었다. 몸이 이렇게 달라졌다는 증거. 어지럼증이 일고 몸이 떨렸다. 뒷덜미가 따갑게 곤두서며 숨이 거칠어졌다.

파우치를 열고 전화기를 꺼내려는데 손이 떨리고 지퍼마저 말을 듣지 않았다. 울음이 터질 것 같아서 장미는 이를 악물었다. 이따위 것은 진작 버렸어야 했다. J 물건이라는 게 무슨 소용이란 말인가. 그 자식은 이게 누구한테 있는 줄도 모를 텐데.

장미가 들고 온 필름 카메라를 J는 함부로 다루었다. 함부로 만지면 안 되는 그것을 불안하게 바라보며 장미는 J의 파우치를 꼭 쥐곤 했다. 초콜릿이 들어 있는 거였다. 잠시 맡긴 것인지 선물로 준 것인지 파우치를 갖고 있는 내내 궁금했으나 J는 자기가 장미에게 뭘 줬는지도 기억하지 못했다. 장미도 돌려주고 싶지 않았다. J 물건이었다. 허락 없이 초콜릿을 야금야금 먹는 데도 용기가 필요했고 안쪽 작은 주머니에 쪽지 하나를 비밀처럼 넣어 두는 것에도 용기가 필요했다.

그건 아직도 그대로 있다. J의 인적사항. 필름 카메라 수업 때 우연히 손에 들어온 것이다. 무의미한 정보를 끼워 둔 채 파우치를 못 버리는 이유는 간단했다. 한심해서. 장미는 자신을 그렇게 생각했다.

어디에 붙어 온 부록처럼 하찮은 파우치였다. 여닫을 때 조심하지 않으면 안쪽 천이 지퍼에 물리는 것만 봐도 그랬다. 장미는 이걸 살살 다루면서 여태까지 끼고 있는 자신이 증오스러웠다. 이번에는 제대로 물리고 말았다. 식은땀이 목덜미로 흘러내려 바닥에 후두둑 떨어졌다. 하필이면 핏방울에. 변기에 앉기 직전에 흘린 거였다. 핏방울은 땀방울을 안고 우울한 모양으로 번졌다.

진주에게 연락해야 하는데. 그냥 뒷주머니에 꽂아 둬도 될 전화기를 굳이 파우치에 넣은 자신을 또 증오하면서 장미는 지퍼를 붙잡고 씨름했다. 그러나 지퍼는 점점 더 집요하게 안쪽 천을 두껍게 물고 결국 꼼짝도 하지 않게 됐다.

"아악! 지겨워! 짜증 나 미치겠어!"

장미는 파우치를 패대기치고 울음을 터뜨렸다. 모든 게 끝났다는 걸 직감한 절망이었다. 어떻게 할 수가 없다. 막대사탕 따위 사러 갈 수도 없다. 사진관으로도 못 돌아간다, 이대로는.

문 밑으로 반쯤 빠져나간 파우치에서 흑백 사진 귀퉁이가
삐죽 드러났다. 24주 초음파 사진. 전화벨이 울리기 시작했
다. 순간 울음이 멎고 딸꾹질이 시작됐다. 장미는 딸꾹거리며
손을 뻗었다. 그러나 파우치를 집어 간 건 문 밖의 어떤 손이
었다.

똑똑똑.

"거기, 안에. 너 괜찮니?"

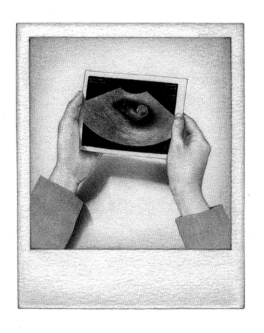

2.
하티

버스를 탈 때까지 장미는 뒤통수에 꽂힌 청소부의 시선에서 자유롭지 못했다. 도저히 벗어날 수 없는 눈초리. 약점을 알아챈 사람들이 약자를 어떻게 대하는지 장미는 너무나 잘 알고 있었다. 가출 청소년 시설이나 활동 보조원처럼 약자를 배려하는 경우에도 마찬가지였다. 그들을 둘러싸고 있는 공기가 수혜자와 다르다는 걸 자주 확인해야만 했던 경험들. 그렇게 받아들이는 건 부모의 보호를 몰랐던 장미의 자격지심 탓이었다. 어쩌면 그래서 더 예민하게 구는지도 몰랐다. 걱정하고 배려해 주는 사람들에게서조차 느껴야 했던 유리막 같은 단절감. 괜찮은 사람인 척 말을 아껴도 무신경한 척 시선을 돌려도 감춰지지 않는 것들. 딱 거기까지. 그건 당하는 사람이 정확히 아는 법이다.

청소부는 전에도 버스 정류장에서 본 적이 있는 여자였다. 화장실에서도 몇 번 마주쳤다. 그때는 그저 청색 작업복을 입은 아줌마였고 장미가 껄끄럽게 느낄 까닭도 없었다. 그러나 최악의 꼴을 들킨 뒤부터 장미는 등짝이 진땀으로 들러붙을 만큼 그 여자가 신경 쓰였고 되도록 빨리 벗어나고자 버스가 오는 쪽을 눈이 빠져라 노려보았다.

막상 버스를 타고 보니 정류장에 청소부는 없었다. 착각으로 가슴 졸였던 게 한심해서 장미는 머리카락을 움켜쥐었다. 에어컨이 가동되는 버스 안은 너무 추웠다.

너 지금 뭐 하러 와?

장미가 사진관으로 들어섰을 때 실장의 낯빛이 변했다. 어금니를 짓이겨 목소리를 죽인 건 촬영하는 사람들이 아직 남아 있어서였다. 사장은 장미를 거들떠보지도 않았다. 도저히 말할 사정이 아니라서 장미는 벌서는 아이처럼 서 있다가 눈치껏 뒷정리를 도왔다. 청소부가 사진관에 들어온 건 나중에야 알았다.

심한 여자들은 그러기도 하잖아요. 유난스럽지.

청소부가 그렇게 말했다. 그 말에 앞서 이런저런 소리를 좀 더 했는데 장미가 알아들은 건 그뿐이었다. 오 선생은 컴퓨터 작업에만 신경 썼고 실장은 듣는 둥 마는 둥. 결국 청소부는 공연한 일에 나섰다는 걸 알아챘고 어색한 표정을 감추지 못하다가 사진관에서 나갔다.

자기가 뭔데.

닫히는 문에 실장의 그 소리가 맥없이 잘렸다. 불쾌감이 따라붙기라도 했는지 청소부가 문 밖에서 힐끗 돌아보는 것을 실장은 알지 못했다. 잠시 청소부의 눈과 마주쳤으나 장미는 시선을 피했다.

화장실에서 이미 포기했지만 그래도 내일 출근해도 될까 싶어서 장미는 내내 사장과 실장의 분위기를 살폈다. 실장이 장미를 마뜩찮게 쏘아보다 한숨 쉬었다. 팽팽한 긴장이 다소 풀어지는 듯한 그 숨에서 장미는 실낱같은 희망을 감지했다.

청소부가 사진관까지 굳이 따라와서 왜 그렇게 말했는지 의심스러웠다. 생리통 핑계를 대 주며 편들어 준 것인지, 피 흘리며 주저앉은 여자애가 어떻게 될지 궁금해서 따라왔는지, 자기가 도와줬다는 걸 생색내고 싶었는지. 무엇 때문이든 장미는 청소부가 사진관까지 온 게 영 거슬렸고 뒤를 잡혀 버린 듯 청소부를 의식할 수밖에 없었다. 직감 때문이었다. 감당 못할 하혈. 장미 자신도 보통 때 생리와는 분명히 다르다는 걸 알았는데 여자로 나이 먹은 사람이 그 눈치를 못 챘을까.

장미가 허리에 청소부의 카디건을 두르고 들어갔을 때 아기들은 위탁모에게 안겨서 막 나가는 중이었고 촬영 팀은 장비를 접고 있었다. 촬영이 그렇게 오래 걸릴 일이 아니었거나 화장실 사태가 그만큼 시간을 잡아먹었던 것이다. 사실 장미는 바깥에서 자기가 얼마나 오래 지체했는지 알지 못했다.

사장이 말한 막대사탕은 열 개였는데 정작 아기는 넷뿐이었다. 지난번보다 더 어렸고 그중에 셋은 막대사탕 같은 걸 먹지도 못할 갓난이였다. 겨우 하티 정도. 누군가 갓난이들이 극적 연출을 해 줬다고 중얼거렸다.

맨 나중에 위탁모에게 안겨 나가던 아기가 장미를 쳐다보았다. 시선을 돌렸으나 볼이며 작은 코가 말갛고 눈에 아직 눈물도 남아 있는 얼굴을 장미는 봐 버렸다. 보나마나 울고 또 울어서 사람들을 애먹였을 아기. 실장이 얼마나 화가 났을지 알고도 남았다.

화장실에서 계단 밑 공간까지. 멀지 않은 거기까지의 기억이 장미에게는 선명하지 않았다. 전에는 거기를 눈여겨본 적이 없었다. 문이 달린 세모꼴 공간. 청소부들의 옷가지나 소지품 따위가 보관된 거기로 청소부가 장미를 데려갔다. 우악스러운 손길에 겨드랑이가 어찌나 아프던지.

그 아픔이 생생해서 장미는 다리가 풀려 의지했을 뿐 정신을 잃은 건 아니었다고 생각했다. 그러나 미니 냉장고에 기댄 채 눈을 떴을 때 비로소 주변이 눈에 들어왔다는 건 기억의 한 부분이 차단됐음을 의미했다. 게다가 골반에 걸려 있던 청바지. 장미는 화장실에서 바지를 추켜올린 기억이 없었다. 청소부는 생리대를 챙겨다 주었고 장미가 피로 물든 팬티에 대강 생리대를 끼우고 나올 때는 아랫도리를 가릴 수 있게 자기 카디건까지 내주었다. 그리고 뒤에서 혀를 찼다.

한기로 소름 돋은 팔뚝을 문지르며 장미는 주변을 자주 살피곤 했다. 역한 피 냄새가 꾸역꾸역 올라오는 게 너무나 불안했다. 아무도 흘끔거리지 않는 걸 보면 사람들이 불결한 냄새도 흔적도 알아채지 못한 모양이었다.

아까처럼 감당 못할 정도는 아니지만 하혈이 멈춘 게 아니라서 좌석이 비었어도 장미는 앉지 않았다. 청소부의 옷까지 더럽힐 수는 없었다. 뒤에서 혀를 찼던 사람. 그건 비난이었다. 보호원 원장님도 그랬다. 먹고 자고 필요한 걸 쓸 수 있게 해 주면서도 대놓고 혀를 차거나 고개를 젓는 행위로 속을 드러냈다. 날마다 얼굴 보며 살아도 가족도 친구도 아니라는 결론은 그런 식으로 확인됐다. 그런 건 말보다 교묘하고 질기게 감각에 새겨진다. 니들이 다 그렇지. 몸뚱이를 얼마나 함부로 굴렸으면.

파우치 속에서 전화기가 울렸다. 소름 돋은 살갗을 건드리는 진동. 장미는 그저 밤거리의 뿌연 불빛만 응시했다. 전화할 사람이라고는 진주뿐이고 그년이 할 말은 듣지 않아도 안다. 컵라면 사 와. 진주는 컵라면 골라 먹는 재미에 인생이 참을 만하다고 말하는 애다. 속 아프다고 징징대면서도 그 맛에 빠져서 원장님한테 어지간히 잔소리를 들었던 애. 지금은 편의점에 들를 때가 아니었다. 어차피 지퍼가 말썽이라 돈도 꺼낼 수 없다. 아침에 교통카드를 무심코 뒷주머니에 찔러 넣은 게 얼마나 다행인지. 되도록 빨리 돌아가 씻어야만 한다. 온몸을 더럽히고 있는 비릿한 냄새를 사람들이 알아채는 건 시간문제였다.

빈손인 걸 알면 진주가 할 소리는 뻔하다. 여기 내 집이야. 고작 싱크대 놓인 공간에 몸 들이밀 정도의 화장실이 딸린 반지하 방. 얹혀사는 처지인 건 맞지만 두 달째 방세를 장미가 냈어도 진주는 툭하면 '내 집'을 무기로 저 하고 싶은 대로 했다.

진동이 멎고 나서야 장미는 파우치를 꺼냈다. 가자마자 이 것부터 찢을 것이다. 그런데 파우치가 닫혀 있었다. 반쯤 열리다 멈춰 버린 지퍼가 어떻게 된 걸까. 지퍼가 온전히 끝까지 다 열린다. 청소부가 만졌을까. 살갗이 따갑게 곤두서며 기분이 더러워졌다. 확실히 정신이 어떻게 됐던 것이다. 이것에 대한 기억도 없는 걸 보면. 청소부는 도대체 무슨 생각이었을까. 어쨌거나 파우치에서 없어진 건 없는 듯했다. 전화기. 빗과 몇 가지 샘플 화장품. 열쇠. 그리고 작은 주머니 속 쪽지와 돈까지 확인하자 안도의 한숨이 나왔다.

부재중 전화가 둘. 둘 다 진주. 진주는 참을성이 부족하고 꽤 신경질적이다. 컵라면 하나 사 갈까 말까 장미는 좀 갈등했다. 사천 원. 끔찍한 일을 겪었지만 막대사탕을 사지 않은 덕분에 이게 남았다. 퇴근도 좀 일찍 했다. 예정대로 씨엔톡 모임이 있었다면 적어도 두 시간은 더 남아 있어야 했을 것이다.

진주 비위를 건드려 봐야 좋을 리 없었다. 편의점에서 튀김 우동을 샀다. 장미는 계산을 마치고 나오다가 저도 모르게 확 찡그렸다. 초음파 사진. 그게 보이지 않는다. 다 있는데 그것만 없었다. 긴장 탓인지 속에서 뜨거운 덩어리가 또 빠져나왔다. 어지러웠다. 일단 돌아가야 한다. 이렇게 피를 쏟다가는 미라처럼 말라 죽고 말 것이다. 어두워서 주변을 신경 쓰지 않아도 된다는 게 그나마 다행이었다.

청소부 짓이었을까. 혹시 사진관에 따라온 게 그것 때문이었을까. 그걸 슬쩍한 사람이 누구인지 밝히려고. 그럴 리가. 청소부가 사진관에서 벌어진 일을 알 턱이 없다. 게다가 자기 카디건까지 내준 사람이다. 하지만 뒤에서 혀를 찼다.

장미는 입술을 깨물었다. 남의 파우치에서 그걸 왜 가져갔을까. 아니면, 패대기쳤을 때 빠져나갔을까. 아니다. 그게 빠져나갈 만큼 틈이 벌어지지 않은 건 확실하다. 역시 청소부가 꺼내 간 거다. 어차피 가질 생각은 아니었다. 여우 짓하는 임산부가 너무 얄미웠는데 하필 탁자의 그게 눈에 들어왔고, 홧김에 꽉 쥐었다가 구겨지는 바람에 겁나서 감췄을 뿐이다. 설사 가져갔다 쳐도 청소부가 초음파 사진 따위를 뭐에 쓰려고.

계단을 지겹게 올라가야 닿는 집. 장미는 땀과 냄새 범벅이 되어 쪽문을 밀고 들어갔다. 어둑한 반지하에서 고양이

신음 같은 울음소리가 새어 나오고 있었다. 막힌 하수도에서 올라오는 더러운 공기와 뒤섞인 소리. 오늘따라 하티가 꼭 목쉰 고양이처럼 운다. 반투명 유리가 컴컴한 걸 보면 진주는 집에 없었다.

불을 켜자 하티가 놀라서 경기를 했다. 그리고 가늘어진 목을 힘겹게 돌려 장미를 보았다. 얼마나 울었는지 목구멍에서는 색색 소리만 나오고 버둥거리느라 옷이 말려 올라가서 배가 훤히 드러나 있었다. 앙상한 갈빗대 밑으로 숨 쉬는 게 보일 만큼 하티는 너무 말랐다. 점점 말라 가는 것 같다. 태어날 때부터 보통 애들보다 작다 소리를 들은 애이기는 했다.

반갑다는 건지 안아 달라는 건지 하티가 가느다란 두 팔을 버르적댔다. 장미는 하티 머리맡에 있던 공갈 젖꼭지를 집어서 먼저 빨았다. 먼지와 하티의 마른입에 대한 본능적인 행동이었다. 그걸 하티 입에 넣어 주었다. 굶주린 새끼 새가 찢어져라 벌린 부리로 먹이를 낚아채듯 하티가 공갈 젖꼭지를 필사적으로 빨기 시작했다. 이렇게 말랐어도 공갈 젖꼭지를 빠는 힘은 대단했다. 하티를 두고 장미는 두 가지 말을 들어야만 했다. 많이 안아 줘. 정 떼려면 안 보는 게 좋아.

장미는 걸쳤던 것들을 활활 벗어 던지고 화장실로 들어갔다. 초여름 같은 날씨라도 맨몸에 찬물이 닿는 건 고역이었다. 어렸을 때부터 그랬다. 집에 온수가 나오는 화장실이 있었으면, 햇빛 들어오는 창문이 있었으면 했다. 할머니 집은 늘 어두침침하고 화장실이 밖에 있었다. 고모 집은 아파트라 온수로 샤워할 수 있고 창으로 햇빛도 들어왔다. 그러나 할머니가 없는 집이었다. 할머니가 죽고 나서 고모네로 갔을 때 장미는 꿈이 이루어진 줄 알았다. 고모는 할머니처럼 말도 많지 않았다. 그러나 온수도 햇빛 들어오는 창도 가질 수 없다는 걸 깨닫는 데 하루면 족했다. 고모는 말없이도 사람을 건드릴 수 있는 타입이었다.

샤워 한 번이면 천장까지 물투성이가 되는 화장실이다. 장미는 물방울을 손바닥으로 밀어내며 거울에 비친 가슴을 보았다. 눈에 띄게 크기가 줄었다. 왼쪽 가슴이 더 불룩한 짝짝이 가슴. 이상하게도 오른쪽 가슴에서는 젖이 나오지 않았다.

검붉게 죽은 입술. 쇄골이 앙상하게 드러났을 만큼 마른 몸. 말랐어도 하티에게 젖 먹이는 동안에는 가슴이 꼭 물 풍선 같았다. 물만 마셔도 젖이 돌았다. 시도 때도 없이 옷이 젖는 게 얼마나 끔찍했는지. 아기만 낳으면 몸이 전처럼 매끈해질 거라고 믿은 터라 장미는 이렇게 달라진 몸을 확인할 때마다 눈물이 핑 돌았다. 실수를 뼈저리게 후회해도 아무것도 되돌리지 못한다는 걸 깨닫는 일처럼 절망적인 노릇이 또 있을까.

또다시 하혈. 뜨거운 게 다리를 타고 흘렀다. 소름이 돋았다. 장미는 허리를 굽혀 덩어리진 생리 혈을 만져 보았다. 잘못의 증거인 것만 같은 선명한 응어리가 뭉개져 손가락의 물기를 타고 번졌다. 무섭다. 범죄 영화에서 이런 장면을 본 것 같다.

이렇게 모든 게 달라졌다. 사진관 보조가 되려면 젖 말리는 약을 먹어야 했다. 시설에서 나올 때 슬쩍 한 거였다. 그래서 하티가 저렇게 말랐지만 그게 최선이었고 덕분에 물 풍선 같던 가슴도 줄어들고 있다. 장미는 모든 상황에서 최선을 다하려고 했다. 그러나 결국 이 꼴이다. 대학에 갈 수 없다는 걸 알면서도 공부에 매달렸고 친구들과 사이가 벌어질까 봐 친구들 위주로 행동했다. 고모 눈에 거슬리지 않으려고 알아서 집안일을 거들었고 손 벌릴 처지가 아니라는 걸 알기 때문에 주말마다 백화점 수선실에서 배달하는 일로 용돈을 벌었다. 그러고 싶어서 그랬던 건 아니었지만 그렇게라도 해서 친구들 속에 끼어 지낼 수 있었다.

할머니 때문에 오는 사회복지사는 장미를 칭찬하곤 했다. 어린 게 기특하네. 심성 좋은 선생님일수록 장미를 챙겼다. 밝게 웃으니 참 다행이다. 수선실 사장님은 대놓고 말했다. 얼마나 착하고 대견한지 몰라.

장미는 착한 아이답게 웃었고 그럴 때마다 잘못을 감추는 듯한 두려움을 느꼈다. 장미를 건드리는 두려움은 언제나 할머니였다. 핏덩이를 키운 사람답게 손녀를 속속들이 알았던 사람. 짠하고 앙큼한 년. 걱정인지 경고인지. 할머니는 장미를 두고 그런 소리를 참 쉽게도 했다.

능소화가 한창 예쁠 때라야 모가지가 톡톡 꺾인다는 걸 장미는 어렸을 때 이미 알았다. 야단친 할머니 약을 화장실에 처넣고도 고개 빳빳이 들던 근성. 날개 뜯긴 잠자리가 기우뚱거리며 헤매던 모양을 무심코 지켜보던 또 다른 자기가 몸뚱이 어디쯤 검은 구멍에 숨어 있다는 걸 들키지 않아야 했으므로 장미는 밝아지려고 항상 노력했다. 세상 물정도 모르는 아이에게 생겨 버린 검은 구멍은 장미가 부모에게 받은 형벌이었다. 그것을 막아 줄 마개 역시 부모뿐이었으나 그들은 무책임했다. 그들은 이기적인 선택이 자식의 심장을 뚫고 지나가는 짓이었음을 깨닫지 못했다. 신생아 때 이미 그렇게 어두운 구멍을 형벌로 떠안게 된다는 사실을.

장미가 하티와 여기 있는 이유는 J. 친구의 남자친구. 걔를 넘본 벌이 이렇게 컸다. 그때는 그렇게 하는 게 최선이었다. 열일곱 살까지 사는 동안 처음으로 마음이 시키는 대로 했을 뿐인데 딱 한 번 솔직했던 욕망은 검은 구멍의 괴물을 끌어올려 모든 걸 잔인하게 바꿔 버렸다.

장미는 공갈 젖꼭지를 밀어내고 마른 혀를 날름거리고 있는 하티를 안아서 젖병을 물렸다. 한 모금 한 모금 삼킬 때마다 하티의 목구멍에서는 신음에 가까운 소리가 났다. 죽을힘을 다해 젖병을 빨고 있는 하티를 장미는 물끄러미 내려다보았다. 힘들어서 발갛게 상기된 얼굴로 하티도 장미를 보았다. 자기편이 누구인지 봐 두겠다는 듯. 장미 얼굴을 만지려고 손을 뻗기도 했다. 장미는 고개를 숙여 하티 이마에 입술을 댔다. 제대로 씻기지 못해 아기 비린내가 고스란히 올라왔다. 그건 조금 전까지 장미가 제 몸에서 맡던 냄새랑 비슷했다.

분유통이 벌써 반 넘게 줄어든 건 진주 짓이었다. 걔는 분유를 간식처럼 퍼먹으면서 조금도 미안해하지 않았다. 그걸 가지고 장미는 뭐라고 하지 못했다. 그나마 사진관 보조 일

자리라도 가질 수 있는 건 진주가 낮에 하티와 같이 있어 주
는 덕분이었다. 술이 깰 때까지 퍼져 자느라 분유나 제때 먹
이는지 알 수 없지만 이렇게라도 지낼 수 있기를 장미는 바
랐다. 적어도 분유랑 기저귀는 살 수 있을 것이다. 마음에 안
들어도 진주는 가족이었다. 장미는 그렇게 믿었다. 유일하게
기댈 수 있는 진주와 갈라지게 될 어떤 문제도 장미는 만들
고 싶지 않았다.

　밤 고양이처럼 진주는 낮에 자고 밤에 돌아다녔다. 오밤중
에 들어오기도 하지만 대개는 아침나절에 녹초가 돼서 들어
오는 편이었다. 장미는 진주가 무슨 짓을 하고 다니는지 묻지
않았다. 전처럼 살 거라고 짐작할 뿐이었다.

　생각해 보면 진주가 믿을 만한 애는 아니었다. 이유를 꼭
집어 댈 수는 없지만 어쨌든 장미가 잘 아는 애는 아니었다.
보호원에서 같은 방을 쓰면서 들은 이야기가 진주에 대해
아는 전부였으니까. 진주는 새아버지 때문에 집을 나왔다고
했다. 길거리가 집보다 낫고 밖에서 만난 애들이 식구들보다
편하다고 했다. 아기를 낳고 온종일 울었지만 새로 시작할
수 있게 됐다면서 보호원을 떠났고 진짜로 다시 열여덟 살짜
리가 되어 아무 일도 없었던 것처럼 지내고 있다.

장미는 진주가 자기보다 여러모로 낫다고 생각했다. 얼굴도 예쁘고 판단력도 있고 비록 반지하 셋방이지만 어엿한 집도 있다. 낮에 가끔 찾아오는 남자가 얻어 줬다는 건 하티를 데리고 온 지 이틀 만에 눈치를 챘다. 몸에서 비린내가 나는 남자였다. 본 적 없어도 장미는 그 존재를 진주의 몸에서도 공기를 통해서도 감지했다. 그가 올 낌새가 있을라치면 장미는 하티를 남겨 둔 채 바깥으로 나와 길거리를 배회했고, 사진관 앞을 지나갔던 것도 그래서였다.

　　비린내 남자에 대해서 진주는 어떤 말도 하지 않았다. 장미도 모르는 척해 주었다. 걸리적거릴 게 분명한데도 나가라 소리를 하지 않아서 다행이라 생각할 뿐이고 하티를 데리고 여기 있는 게 진주가 군소리하지 않아도 될 어떤 핑계가 된다고 짐작할 뿐이었다. 장미는 출근할 때도 감히 하티를 챙겨 달라는 소리 한마디를 하지 못했다. 둘은 그저 작은 집 하나를 밤낮으로 나눠 쓰면서 동거하는 셈이고 그 사이에 하티가 있는 거였다. 그렇게라도 장미는 바깥으로 나갈 수 있어서 숨통이 트였다. 흘끔거리는 시선도 없고 배도 무겁지 않다는 사실에 자유를 느꼈고 하티로 인해 꼬여 버린 삶에서 잠시 벗어나 열여덟 살 여자애답게 하늘을 보고 거리를 느꼈다.

하티가 잠들고 나서야 장미는 전화기를 켰다. 그사이 문자가 와 있었다.

-야거기서너차자.

장미는 찡그렸다. 진주가 이렇게 엉망으로 문자를 보낼 때는 걔 기분이 딱 이렇다는 거다.

3.
선택

　"솔직히 불어라. 나 도둑년은 안 봐."

　진주가 부스스 일어나며 바싹 마른 목소리로 말했다. 잠이 뒤엉킨 소리에 산발이지만 잠꼬대도 아니고 그냥 해 보는 소리도 아니었다. 새벽녘에 들어와서 그대로 고꾸라졌던 애가 저렇게 나오는 건 그 전화에 어지간히 신경이 날카로워졌다는 뜻이다.

　"훔친 거 없어. 그래도 부탁해 진주야. 모른다고 해 줘."

　"내가 뭐 땜에."

　"알잖아. 그냥⋯⋯."

　"미친년. 알기는 내가 뭘."

　장미는 처분만 바라는 애처럼 문 앞에 서서 눈치를 보았

다. 진주는 장미를 노려보다 벌러덩 누웠다. 그 옆에서 옹알
이를 하며 버르적거리던 하티의 팔이 개털처럼 뒤엉킨 진주
의 머리카락을 건드리곤 했다. 진주가 귀찮다는 듯 이부자리
째로 하티를 밀어냈다. 하티가 진주 비위를 거스르면 안 될
터였다.

"진주야, 미안. 콩나물국 먹어."

밖으로 나와 문을 닫는데 뒤에서 진주가 쏘아붙였다.

"미련 떨지 마. 뭐, 너도 별수 없을걸!"

장미는 잠자코 반지하 계단을 올라갔다. 하수도의 꿉꿉한
냄새가 몸에 밴 것만 같아서 몇 번이나 옷자락을 털었다. 숨
을 깊게 들이마셨다. 계단 여섯 개만 오르면 다른 공기가 있
다. 고작 계단 여섯 개로 달라지는 세상. 그걸 느낄 때마다
장미는 가슴 밑바닥이 저렸다. 결국 밤마다 돌아올 수밖에
없지만 이렇게 나가서 멀리 여기가 아닌 곳으로 가고 싶다는
감정에 사로잡혀 괴로웠고.

아침부터 찐득한 날이었다. 물을 데워서라도 하티를 씻겨
야 했다는 생각이 들었다. 파우더를 잔뜩 발라 줬는데도 발
진 부위가 점점 늘고 시큼한 냄새도 가리지 못했다. 기저귀
를 오래 차고 있어서 엉덩이도 빨갛게 짓물렀다. 진주가 낮에

하티를 아예 거들떠보지 않았다는 증거였다. 이러는 게 처음도 아니고 이것 때문에 장미가 진주에게 뭐라고 한 적은 없었다. 어쩔 수 없는 일이었다. 모자 보호원에서는 하루에 한번 아기를 씻겨야 했다. 그렇게 해야 하는 거라고 들었고 아기 용품도 충분해서 하티한테서는 항상 달큰한 살냄새가 났었다.

도둑년. 진주가 그렇게 말할 처지는 아니었다. 길거리를 떠돌다 보면 뭐든 훔칠 수밖에 없다. 돈이 없어도 배가 고프고, 자야 하고, 예쁜 게 눈에 들어오고, 대개 점원들은 가게 구석구석을 다 보지 못한다. 붙잡히지 않았던 무용담을 킥킥대며 들려주던 애도 진주였다. 비린내 남자도 딱 보기에 유부남이고. 그러니까 그 남자도 진주가 누군가로부터 훔친 것이다. 물론 미성년자에게 햇빛도 안 드는 방을 얻어 주고 드나드는 남자가 훨씬 더 저질 도둑놈이지만. 그렇다고 그걸 입 밖으로 꺼낼 만큼 장미는 어리석지 않았다. 장미는 그저 진주가 모른다고 딱 잡아떼거나 원장의 전화를 차단시켜 주기만 바랐다. 이보다 더 나쁜 상황은 상상하기도 싫었다.

보호원을 빠져나올 때 몇 가지를 챙긴 건 그럴 수밖에 없어서였다. 하티가 쓰던 거였고 꼭 필요했다. 가방이 터지도록 몰래 담기는 했지만 비닐봉지에 쏟아 담은 분유며 파우더, 옷가지나 기저귀 따위. 유산균 몇 봉지. 훔쳤다고 할 수도 없는 것들이었다. 물론 원장님 지갑에 손을 댄 건 잘못이었다. 그러나 차비도 없이 거리로 나올 수는 없었다. 생명은 소중하다, 너희들 잘못이 아니다, 사람은 실수를 통해 배운다고 설교하면서도 원장님은 장미가 더 시간 끌지 못하도록 압박했다. 아기를 키우는 건 냉정한 현실이다. 시설을 나가 봐야 며칠 못 버틴다. 너 아직 어려. 공부도 마저 해야지. 혀를 차면서 아기를 위해 최선의 선택을 하라고 했다. 좋은 가정을 찾아 주는 것도 아기에 대한 사랑이라고. 장미가 미성년임을 강조하며 앞날이 창창하다는 말로 설득했다. 그런 압박이 기어이 장미를 구석으로 몰았다.

장미는 내내 혼란스러웠다. 이제껏 이성적으로 안다고 믿어 온 것들이 정말 그러냐고 되묻는 듯했다. 아기를 어디론가 보내는 게 그렇게 중요할까. 학생이 임신한 게 잘못이 아니라는 말을 누가 믿는다고 뻔한 거짓말을 하고 또 하고. 장미가 아는 사람들은 학생의 임신을 잘못으로 쉽게 규정했고 그것을 빌미로 학교에서 추방했다. 친구들을 잃었고 고모 집을 떠나야만 했다. 어떻게 해야 할지 어떻게 살아야 할지 생각도 하기 어려운데 이렇게 멍청한 실수를 통해 뭘 배우겠나.

아기에 대한 사랑. 원장님은 온갖 감정에 휩싸여서도 이 소리는 빼놓지 않았다. 야단칠 때도. 설득할 때도. 화낼 때도. 훈계할 때도. 어떤 때는 서류를 검토하는 것처럼 말하기도 했다.

사랑.

장미가 아는 사랑은 거짓말과 다르지 않았다. 단 한 번도 삶에 속한 적 없는 길가의 풀이나 보도블록처럼 하찮거나 무의미한 단어. 공기처럼 흔해서 아무 감정도 없던 말. 사랑받는다는 게 뭔지 사랑이 도대체 어떤 감정인지 느껴 본 적도 없는데 사람들은 장미에게 마치 그런 게 있기라도 한 것처럼 말하곤 했다. 장미는 그 말을 해 본 적이 없었다. 장미에게 그렇게 말한 사람도 없었다.

아니다. 딱 한 번 있었다. J.

사랑해. 장미의 알몸에서 떨어져 나가며 J가 그렇게 중얼거렸다. 장미는 그 말이 너무 슬펐다. 그래서 울었다. J는 취한 상태였고, 취하기 전에 세희랑 대판 싸웠고, 세희의 오해를 책임지라며 찾아와 성질 부렸다. 장미는 변명하지 못했다. 친구의 남자친구를 좋아하면 안 된다는 건 알았지만 감정은 생각대로 되지 않았다. 장미가 못 가진 걸 다 가진 세희가 J 까지 갖는다는 게 너무 싫었고 질투가 났고 불공평하다는 생각에 화가 치밀었다. 그래도 J에 대한 감정을 들키지 않으려고 조심했건만 세희가 결국 알아챘고 그래서 걔가 남자친구랑 싸운 건 미안했다. 그러나 미안하다고 하지 않았다. 좋아한다고 말해 버렸다. 생각만 해도 가슴이 아프고 감히 똑바로 쳐다볼 수도 없었던 J에게 한 번쯤은 솔직해지고 싶었다. 세희랑 사귀는 애를 빼앗겠다는 게 아니었다. 그저 좋아서 좋다고 했을 뿐이었다.

세상은 때로 누군가에게는 너무 가혹하다. 딱 한 번 솔직했던 그날 장미의 인생이 뒤엉켰다. 그나마 아슬아슬하게 버티던 길에서 삐끗. 그렇게 늪으로 곤두박질치고 말았다. J는 장미를 때렸다. 폐가로 끌고 가서 함부로 옷을 찢었고 겁탈했다. 그리고 눈을 감고 허물어지며 그 말을 끔찍하게 각인시켰다. 사랑해. 그게 누구에게 한 말이었는지 장미는 생각하기 싫었다. 난생처음 들었던 그 말은 더러운 유리창에 부딪혀 흘러내린 빗물 같았다. 아프고 구차하고 굴욕적이고 수치스러운 거였다. 그따위 걸 아무것도 모르는 하티에게 어쩌라고.

아기를 낳으면 엄마가 되는 거다. 아기에 대한 사랑은 본능적으로 생겨난다. 원장님도 자립 지원 강사들도 귀가 아프게 했던 소리. 친권 포기 각서를 쓰고도 일주일 숙려 기간 동안 아기와 지내고 나면 직접 키우겠다고 마음을 바꾸는 미혼모들이 있다고 했다. 엄마라서 그런 본능이 생겨난다고. 그러나 아기를 키우는 건 감정만으로는 안 되는 일이라 결국 시설에 보내거나 입양 보낼 수밖에 없다고. 장미는 하티에게 젖을 먹였고 씻겨 주었고 살냄새를 맡곤 했다. 그러나 그게 사랑인지는 확신하지 못했다. 태어날 때부터 평균에 미달이었던 하티처럼 사람들이 말하는 조건에 자기가 적합하지 않다고 믿어 버려서 장미는 그다지 귀를 기울이지 않았다. 미성년인 데다 동의해 줄 부모도 없어서 출생신고도 할 수 없는 것부터가 그랬다. 입양에 필요한 친부 동의서도 가져올 수 없기는 마찬가지였다.

엄마 아빠. 그들은 얼굴도 기억나지 않는 서류에만 있는 유령들이었다. 그 유령들이 발목을 잡아 장미가 기초생활 수급자도 못 되는 거라고 고모가 늘 불만이었다. 하티가 하티인 건 그래서였다. 성도 이름도 없는 아기. 진주가 혀 꼬부라진 소리로 불러 준 바람에 하티가 된 아기. 진주가 몇 번 등 그런 자기 배를 쓰다듬으며 그렇게 중얼거렸던 것을 장미는 기억하고 있었다. 진주가 이름도 없는 아기를 하티라고 불러 줬을 때 장미는 안심했다. 셋이 그렇게 보이지 않는 끈으로 이어진 것 같아서.

장미는 입양도 보육원도 선택할 수 없었다. 하티를 누군가에게 줘야 한다는 사실 자체를 받아들이지 못했다. 그건 J 때문도 사랑 때문도 하티가 불쌍해서도 아니었다. 하티는 배 속에서부터 장미 것이었다. 배 속의 장기나 손가락처럼 몸의 일부였으니 태어났어도 달라질 게 없었다. 세상에 자기 것이라고는 없는 장미에게 하티는 먹어야 하고 돈 벌어야 하고 잘 곳을 찾아야 하는 이유였다.

"아, 김순영 씨? 그 언니는 주말엔 안 나오는데. 왜?"

청소부가 빤히 쳐다보는 게 부담스러워서 장미는 잠자코 돌아섰다. 카디건을 준 청소부 이름이 김순영이었다. 순영. 어른도 그런 이름을 갖는구나, 하고 장미는 생각했다. 빨리 돌려주고 싶었지만 출근하지 않았다니 도로 가져갈 수밖에 없었다. 어쩌면 다행이었다. 조금 전에야 카디건에 피가 묻은 걸 보았다. 이미 말라서 색깔도 거뭇해진 자국을 없앨 수 있을지 그게 걱정이었다.

주말에 쉬는 청소부도 있구나. 주말. 장미는 사진관으로 가며 저도 모르게 그 말을 중얼거렸다. 더 이상 학생이 아닌 뒤부터 그 말을 잊었다. 고모 집에 얹혀사는 동안 주말은 백화점 수선실로 일하러 가는 날이었다. 고모 식구들로 꽉 채워진 집에 있기가 불편해서 장미는 잘못 끼워진 조각처럼 알아서 빠져나와 밖으로 돌았다. 수선실과 매장을 온종일 뛰어다니며 돈을 벌 수 있었던 건 그나마 다행이었다. 그 돈으로 학원비를 감당했고 친구들과 군것질도 했다.

대학은 가고 싶어도 갈 수 없는 불가능의 영역이라는 걸 진작 알았다. 무슨 학원이든 친구들이 하는 것 중에 하나라도 해야 대화가 됐다. 그래서 찾은 데가 오래된 아파트 상가의 저렴한 미술 학원이었다. 수선실 아르바이트 덕분에 친구들과 그럭저럭 어울릴 수 있었다. 아주 가끔은 수선하다 망친 것일망정 백화점 옷도 입을 수 있었다. 그 덕에 문화센터의 필름 카메라 수업에도 가 봤던 것이다. 그저 세희를 따라갔을 뿐이고 세희가 학원을 몰래 빠지면서 거길 갔던 까닭은 오로지 J 때문이었다.

균열이 그렇게 시작됐다. 세희가 장미를 너무 믿었다. 장미가 별 내색 없이 시시콜콜한 얘기를 다 받아 준 탓이기도 했다. 자기중심적인 세희는 장미를 절친이라 믿었고 장미를 들러리처럼 때로는 하녀처럼 부리며 J를 기어이 남자친구로 만들었다. 장미도 잘생긴 애를 좋아할 수 있고 좋아하는 남자애 때문에 이성을 잃을 수 있다는 걸 간과한 건 세희가 오만해서였다. 장미가 장식장 맨 꼭대기에 모셔 놓은 수동 카메라를 들고 와서 J의 관심을 끌 줄 몰랐던 것이다. 만약 J가 그걸 탐냈다면 고스란히 넘겼을 만큼 장미는 맹목적이었다. 그러나 고모부의 추억이 담긴 그 구식 캐논 카메라는 장미가 건드려도 될 물건이 아니었다. 아슬아슬하게 버티던 열일곱 살의 삶은 그렇게 어긋났고 그동안 간신히 버텼다는 듯한꺼번에 무너져 내렸다.

교복이 터질 듯 배가 불러 오는 걸 맨 먼저 수상쩍게 여긴 사람은 고모였다. 고모가 왜 그렇게 살이 찌느냐고 할 때만 해도 장미는 임신 사실을 깨닫지 못했다. 세희와 J로 인한 스트레스 때문에 진짜로 살이 찌는 줄 알았다. J는 그 뒤로 몇 번 더 장미를 찾아왔고 똑같이 행동했다. J에게 몸과 마음이 깨지면서도 장미는 어떻게 해야 할지 몰랐다. 착하게 눈웃음 짓는 사람 속에 악마가 숨어 있다는 걸 깨달았지만 처음에 막지 못해서 그래도 된다는 빌미를 준 자기 잘못이 더 크다고 생각한 것이다. J를 거부하기에도 몸을 지키기에도 장미는 역부족이었다. 세희가 그걸 모를 리 없었다.

고모는 그 말을 두 번도 하지 않았다. 수상쩍게 살피는 고모의 눈초리가 장미는 무서웠고 몸이 이상해진 걸 확인했을 때는 너무 늦었다. 모든 게 망가져 있었다. 나날이 가슴이 커지고 젖꼭지가 달라졌다. 가슴에 정맥이 내비치는 것도 배꼽이 돌출되는 현상도 전에 없던 일이었다. 배에 생겨난 수직의 검붉은 선. 그건 순결하지 못하다는 사실에 밑줄이 그어진 것처럼 선명했다. 게다가 배 속의 묘한 움직임. 작은 덩어리가 미끄러지듯 움직이는 걸 감지했을 때 장미는 절망했다. 오래전에 본 어떤 영화 장면이 꿈속에까지 나타났다. 지구 정복을 목적으로 여자를 숙주로 삼고 배 속에서 꿈틀거렸던 새끼 외계인. 그런 게 배 속에 들어 있다는 상상으로 장미는 무서웠고 누구한테도 털어놓을 수 없어서 아파트 옥상에 올라간 적도 있었다. 학교 상담실에 불려 갔고 학부모 면담 이야기가 나왔다. 장미를 위해 학교로 와 줄 사람은 없었다. 그걸 알고부터 선생님들의 눈초리가 더욱 냉랭해졌다. 주변 애들보다 어울려 다니던 친구들의 비난이 더 장미를 괴롭혔는데 특히 세희의 냉대는 모욕적이고 저주에 가까웠다. 간신히 버티던 자리에서 장미는 그렇게 추방당했다. 아무도 모를 곳으로 가야 한다고 배 속의 발길질이 재촉했다. 고모 집을 떠날 때 짐이라고는 고작 백팩 하나였을 만큼 열일곱 살 장미의 존재감은 단출했다.

"저거 가지고 전철역에 좀 가 봐. 거기, 북 카페 알지?"

오 선생이 턱으로 탁자 옆을 가리켰다. 충전 중인 배터리. 사장이 그걸 까먹고 나가서 전화를 했단다. 사장이 최근에 만든 이 모임은 격주로 토요일에 활동하고 구성원은 거의 다 학생이었다. 사장은 이런 걸 조직하고 이끄는 일에 열심이고 그만큼 중요시했다. 시설로 찾아가 아이들과 어울리고 아이들의 순간순간을 사진으로 찍어 성장 앨범을 만드는 이 모임을 사장은 자랑스러워했다. 이런 경험으로 학생들이 자연스럽게 사회적 책임을 배우는 거라고 말할 때 사장은 꼭 선생님 같았다.

"실장님은요?"

가기 싫다는 속내를 장미는 그렇게 내비쳤다. 그 모임이 학생들로 이루어졌다는 게 내키지 않아서였다. 그저 학생들이 잔뜩 모였을 거라는 생각만으로도 피하고 싶었던 것이다. 그러나 자기 대신 실장이 심부름 갈 리 없다는 걸 당연히 알았다.

"11시에 엘 타워 있다. 팔자가 좋은 건지…… 일 잔뜩 넵 두고……."

누가 곧 찾으러 온다고 했는지 오 선생이 작두질을 하며 구시렁거렸다. 심부름 아니면 사진 자르는 일 같은 건 장미 몫이었다. 엘 타워로 돌잔치 촬영에 가야 하니 빨리 다녀오라는 소리라서 장미는 군소리 없이 밖으로 나왔다. 돌잔치 말고도 오후 촬영 예약이 두 건이나 더 있는데 모임을 핑계로 사장이 외출한 게 오 선생은 아주 못마땅한 거였다. 사진 일이야 어차피 오 선생이 전문이고 사장이 뭘 하든 그는 관여할 입장도 아니었다. 그러나 바쁜 토요일에 사장이 밖으로 도는 건 문제가 달랐다. 오 선생이 도맡아서 일에 매달려야 한다. 월급 받는 직원이고 바쁠 때 부르는 출장 기사도 있지만 사장의 주말 모임은 오 선생에게 오지랖 짓거리로밖에 안 보이는 것이다. 그에게는 중학생 애가 둘이나 있었다.

"너 지금 걷니?"

장미가 사진관에서 몇 걸음 벗어나기도 전에 실장이 보고 쏘아붙였다. 실장은 차에서 아기 사진 촬영에 필요한 소품들을 내리고 있었다. 길 건너 스튜디오에 밀리지 않으려면 배경에 공을 좀 들여야 한다더니 사진관에 기어이 그런 공간을 만들 참이었다. 이쯤이면 실장이 사진관의 반 실세인 셈이었다.

공기가 후텁지근하고 너무 더웠다. 장미는 뛰다가 걷기를 반복하며 전철역으로 갔다. 가끔씩 머릿속이 찔리듯 아프거나 어지러워서 걸음을 멈추어야만 했다. 머릿속이 아득하고 다리에 힘이 풀리는 증상. 진주도 비슷했다. 너 엄마 없이 커서 그러는 거야. 영양부족이지. 나야 라면 때문이고. 이러다 우리 길거리에서 죽겠다. 그렇게 말하며 진주가 킥킥댔었다.

카페로 들어서자마자 팔에 닿는 공기가 선득해서 소름이 돋았다. 사장을 중심으로 둘러앉은 사람들이 금방 눈에 띄었다. 그들은 이야기에 집중하느라 장미가 옆으로 갔을 때서야 누가 왔는지 쳐다보았다. 장미는 그들을 경계하며 사장에게 배터리를 건넸다. 장미는 그중에서 낯익은 사람을 알아보았다. 사진관에 왔던 남자. 다리를 조금 절었던 남자가 장미를 힐끗 보더니 인사 비슷한 표정을 지었다. 그때 같이 왔던 여자는 보이지 않았다.

장미는 돌아서다 어떤 시선을 알아챘다. 대학생 같기도 하고 아닌 것 같기도 한 남자애와 눈이 마주쳤다. 모르는 사람이다. 그런데 어쩐지 장미는 그가 너무 빤히 쳐다본다는 인상을 받았다. 시선을 이내 거두었지만 무심코 쳐다본 것 같지 않은 어색한 기운. 왜 그랬는지 몰라도 장미는 황급히 돌아서서 쫓기듯 카페를 나왔다.

예약된 촬영에다 여권 사진을 찍으러 온 여자까지 가고 나서야 뭘 좀 먹을 수 있었다. 오 선생은 촬영 때문에, 사장도 모임만 끝내고 오느라 점심을 거른 터라 배달 음식이 바닥나도록 다들 먹는 데 집중했다. 장미는 천천히 자장면의 면발을 음미했다. 이 사진관에서 오래 버티고 싶은 이유가 배달 음식 때문이라고 해도 좋았다. 너무 오랜만에 먹어 보는 이런 것들에서조차 장미는 만족감을 느꼈다. 매일 맛보는 건 아니지만 돈 들이지 않고 이런 걸 먹을 수 있는 데가 여기뿐이었다. 사장이 포만감에 느슨해진 얼굴로 장미를 보기 전까지는 그랬다.

"야, 막내. 혹시 너 부천에 살았나?"

장미는 몸이 굳어 버리는 것 같았다. 사장과 눈이 마주쳤다. 눈이 뜨거워지는 걸 느끼면서도 장미는 시선을 피하지 않았다. 감히 그럴 수 있는 건 그동안 너무 많은 일을 겪은 탓이었다. 고모 집을 나올 때만 해도 장미는 자기가 번 돈만 챙겼다. 그러나 보호원에서 도망칠 때는 원장님 지갑을 건드렸다. 사정이 절박해지면 강해지거나 뻔뻔해질 수밖에 없고 그게 지금 장미가 버틸 수 있는 힘이었다.

"부천에 그, 무슨 학교라더라."

장미는 고개를 두어 번 젓고 다시 젓가락을 움직였다. 손이 떨리고 있었다. 사장이 물을 따르며 혼잣말처럼 중얼거렸다.

"재원이가 널 아는 것 같던데."

"아뇨. 전 양주에서 학교 다녔는데요."

휴지로 입술을 세게 문지르며 장미는 딱 잘라 말했다. 엉겁결에 진주가 살던 데를 둘러댔다. 장미는 불안했다. 나쁜 예감은 틀리지 않는다고들 하던데 혹시 이런 걸 두고 하는 말일까. 짚이는 애가 있기는 했다. 카페에서 이상하게 빤히 쳐다본다 싶었던 애. 아무리 생각해 봐도 기억에 없는 앤데 걔가 재원이라면 도대체 어디서 어떻게 알았다는 걸까. 아니면, 걔가 아니라 미처 보지 못한 다른 누구인가. 사장의 말이 신경이 쓰여서 내내 속이 답답했다.

장미는 가슴을 두드리거나 명치를 누르면서 속이 풀어지기를 기다렸다. 누군지도 모르는 자식 때문에 모처럼 맛있게 먹은 걸 토하기 싫었다. 이건 배 속에서 녹아 살이 되고 피가 되어야 할 아까운 음식이었다. 하티 때문에 몸이 허약해졌고 그동안 몸에서 뭐가 빠져나가는 걸 느꼈지만 다시 채우기란 쉽지 않았다.

속은 나아지지 않았다. 그러기는커녕 시간이 갈수록 메슥거리고 기어이 식은땀이 나기 시작했다. 까닭 모를 불안감으로 장미는 자주 바깥을 바라보곤 했다. 어두워지는 거리. 저 속 어딘가에 누가 있는 것만 같았다. 이쪽을 훤히 보고 있는 누군가. 장미는 어둠이 항상 두려웠다. 어렸을 때부터 바깥으로 돌았으나 어둠에는 적응이 되지 않았다. 부조리하고 공격적이고 춥고 배고프고 외로운 모든 것들이 다 그 속에 있었다. 어둠 속으로 떠난 사람들은 돌아오지 않았고 어둠 속에서 만난 사람들은 거칠고 거짓투성이에 늘 위험했다. 돌아갈 집이 있는 사람들이 참 부러웠다. 속옷만 입고도 잠들 수 있는 잠자리, 밥상이 차려진 집을 상상했으나 그런 호사는 모두 다른 사람들 것이었다.

"월요일에 일찍 나와서 저거 다 치워 놔."

실장이 문을 잠그며 말했다. 그리고 사장의 차로 나풀나풀 걸어갔다. 사진관 한쪽을 베이비 스튜디오로 꾸미느라 늘어놓은 게 한 무더기였다. 그걸 다 치우고 퇴근하라고 할까 봐 걱정했는데 다행이었다.

오 선생에게 서둘러 목례를 하고 나서야 장미는 화장실로
뛰어갔다. 그리고 손가락을 목구멍에 집어넣고 속을 게워 냈
다. 이 상태로 버스를 타면 난감한 꼴을 겪을 게 뻔하니 별
수 없었다. 창자가 뒤집어질듯 딸려 올라와 눈물이 쑥 빠졌
다. 속이 비워지고 기운까지 빠져서 장미는 한참 동안 변기
에 앉아 있었다. 앙바틈한 청소부가 못마땅한 얼굴로 지켜보
고 있었다는 걸 장미는 나중에야 알았다.

창밖의 불빛을 물끄러미 보는데 불현듯 다시 떠올랐다. 죽
을 때 어떤 기분일까.

불 켜진 반지하 문. 장미는 문을 열려다 주춤 물러났다. 하
티가 배고픈 고양이처럼 울고 있었다. 거기에 다른 소리가 뒤
섞여 흘러나오고 있었다. 비린내 남자와 진주가 뒤엉켜 있는
소리. 장미는 발소리를 죽인 채 거기를 떠났다. 그리고 골목
끄트머리의 의류 수거함에 기대앉아 별도 없는 하늘을 멍하
니 쳐다보았다.

어느 집에서 흘러나온 저녁 냄새가 아픈 속으로 스며들었
다. 어떤 여자가 장미 앞으로 식식대며 지나갔다. 계단을 힘
들게 올라와서인지 여자는 거칠게 숨을 토하다 욕을 내뱉으

65

며 골목으로 사라졌다. 조금 있다가 여자는 다시 나타났고 어떤 집을 살피는가 싶더니 뭐라고 씨부렁대며 골목으로 사라졌다.

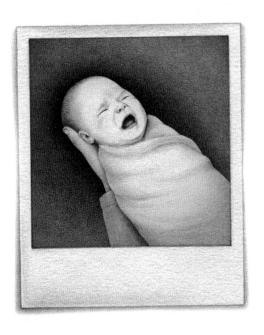

4.

머나먼 나라

"막내야, 그때 그분이랑 통화됐던가?"

사장이 물었을 때 장미는 누구를 말하나 싶어서 잠시 머 뭇거렸다. 그러나 곧 생각해 냈다. 아이디 21.

"아뇨. 안 받으셨어요. 끝까지."

장미는 부루퉁한 속내를 들키지 않으려고 목소리를 높였 다. 씨엔톡 모임이 있는 날에는 제때 퇴근하지 못한다는 걸 아는데도 짜증이 났다. 오 선생은 자기 일을 마치자마자 사라 졌고 실장은 그보다 먼저 약속을 핑계로 나가 버린 터였다.

사장은 빔 프로젝터를 확인할 뿐 아무 대꾸도 하지 않았 다. 작은 공간을 활용하는 일이라 사장은 모임 때마다 기기 설치와 음향에 신경을 썼다. 스크린 대용인 벽은 가운데가 다소 불룩한 흰 벽이었다. 사장은 특히 소리에 민감했다. 방음장치도 안 된 건물이라 다른 가게에서 항의가 들어올 수도 있지만 그보다 그가 신경 쓰는 건 공간의 한계를 무마시킬 음향 효과였다.

영화 도입부가 흰 벽에 흐릿하게 나타났다. 지난번에 방송국 취재 요청 때문에 미뤄진 다큐 영화 '머나먼 나라'였다. 하얀 벽이 스크린으로 가능하다는 걸 장미는 여기서 처음 알았다. 영화를 보기에는 불편한 공간에 어설픈 방식인데도 회원들이 함께 이 시간을 즐기는 건 장미가 짐작할 수 없는 사장의 능력이 분명했다. 바깥에서 들어오는 불빛을 차단하느라 사장이 커튼을 쳤다. 실내등까지 모조리 껐다.

탁.

마지막 스위치가 꺼졌을 때 장미는 칼질을 멈추었다. 거의 동시에 사진관 문이 열렸고 거뭇한 윤곽이 멈칫했다. 어둠 속에서 영상이 선명해졌다. 눈밭에서 뒹구는 아이들 웃음소리와 강한 억양의 내레이션. 유럽식 배경에서 동양 아이가 장난치는 영상을 장미가 무심코 바라다본 것은 어둠 속에서 보이는 게 그것뿐이기 때문이었다.

빔이 꺼지고 스위치가 켜졌다. 문을 연 채 서 있는 남자가 보였다. 다리를 저는 남자. 그는 들어서는 순간 실내등이 꺼져서 놀란 듯했다. 뒤에 여자도 있었다. 옷 속에 기괴한 문신을 감춘 여자. 그들 분위기는 어딘가 비슷하면서도 달랐다.

"오, 벤! 왔어요?"

사장이 반색하며 벤이라는 남자를 맞이했다.

장미는 생김새와 영 어울리지 않는 이름을 가진 남자를 바라보았다. 벤. 이름 때문인지 그가 처음 보는 사람처럼 느껴졌다. 벤이 장미를 흘깃 보았다. 사진관 직원에게 보내는 인사 같은 시선이었다.

"미아 수니, 와 줘서 고마워요."

사장이 벤 옆의 여자에게도 인사를 건넸다. 그들 사이에 이미 이름을 불러도 좋을 만큼의 관계가 생겼다는 뜻이었다. 그러나 사뭇 반기는 사장과 달리 여자는 당황한 듯 짧게 미소 지으며 고개만 까딱했다. 아주 서툰 인사였다.

장미는 여자를 물끄러미 보았다. 참 이상하고 어색한 이름이었다. 속으로 그 이름을 중얼거려 보았다. 미아 수니. 처음부터 어디 먼 데서 온 것 같던 여자에게 이름까지 한몫 거들고 있었다.

곧이어 회원들이 속속 도착했다.

다소 경계하는 눈빛으로 몇몇 사람들을 보고 있는 여자. 뭐랄까. 그녀는 여기와 섞이지 않는 공기에 둘러싸여 있는 듯했다. 미아 수니. 낯선 그 이름이 그녀에게 묘하게 어울렸다. 오랜만에 만나는 사람들이라 호들갑스러운 안부 인사가 오갔다. 그러다 벤과 미아 수니를 알아채고는 다들 말소리를 낮추며 어색한 눈빛을 교환했다.

"처음 보시는 분들이죠? 이분은 독일에서 온 벤 에르니. 현재 Y 대학원 학생이고, 소통에 문제가 없습니다. 이분은, 미아 수니. 뒤에 성이 더 있는데, 좀 길어요. 아, 제가 듣고도 까먹었네요. 미아 수니는 아직 우리말을 잘 몰라요. 그래도 벤이 있어서 다행이죠. 아이구! 아무래도 오늘 분위기가 좀 무거워질 것 같네요."

"사장님이 엊그제 말씀하신 그분들이구나."

광고 회사에 다닌다는 여자는 알은체를 했지만 다른 사람들은 선뜻 인사를 건네지도 못했고 호기심을 감추지도 못했다. 외국인 같지 않은데 외국식 이름에 독일에서 왔다는 것 때문이었다. 게다가 회원들은 페이스북에 올라온 영화 정보를 확인한 터였다. 그들은 처음 온 손님들에게 실례가 되지 않게끔 호의적인 태도를 보였고 자기소개를 하며 분위기를 바꾸려는 사람도 있었다. 그러나 장미는 그들이 짐작하는 걸 조금도 알지 못해서 간식을 준비하는 내내 그들을 훔쳐볼 따름이었다.

장미는 수박을 먹기 좋은 크기로 썰어 쟁반에 담았고 랩을 씌웠다. 원두커피를 내렸고 일회용 컵과 포크를 탁자 한쪽에 나란히 놓고 포개 둔 개인 접시 옆에 티슈도 가져다 놓았다. 담소 시간을 위한 준비였다. 이 정도면 퇴근해도 될 텐데 사장이 이야기에 취해서 장미를 까먹고 있었다.

"벤이 페이스북을 보고 먼저 연락을 주셨죠. 얼마 전에 성장 앨범 팀에도 참여하셨고. '머나먼 나라' 아니었으면 이런 인연 어려웠을 거예요."

"아! 입양인 다큐멘터리 때문에 찾아오셨다던 그……."

"아, 네. 그 입양인 맞습니다. 벤, 이렇게 소개해도 괜찮으시죠?"

사장의 양해 비슷한 미소에 벤이 입술을 달싹이며 고개를 두어 번 끄덕였다. 장미는 저도 모르게 벤과 미아 수녀를 바라보았다.

"감사합니다. 이런 화두를 꺼낼 수 있게 다큐 추천해 주신 조유정 회원님께도 감사드려요."

"아이구 사장님도 참. 이게 감사하고, 좋아하고 그럴 일인지 모르겠네요."

조유정이라는 회원이 벤과 미아 수니를 보며 어색한 웃음을 흘렸다.

"스웨덴 입양인 다큐라면서요?"

누군가 물었다.

입양. 무심코 던져진 그 말이 장미를 툭 건드렸다. 장미는 영상이 얼룩처럼 번지던 흰 벽을 보았다. 영상은 이미 꺼진 뒤였다. 아까 스치듯 보았지만 외모가 너무 다른 아이들이 어울려 노는 모습도 동양인 아이가 억양 센 외국어를 능숙하게 구사하는 것도 인상적이었는데 그런 까닭이 있었던 것이다.

장미는 파우치를 꺼내 들고 사장을 쳐다보았다. 그건 아픈 데가 건드려졌을 때 움츠리는 듯한 반응이었다. 그러나 여기서는 어떻게든 들을 소리였다. 아예 피할 거였으면 입구에 붙은 입양 포스터를 처음 봤을 때 여기에 발을 들이지 말았어야 했다. 사실 장미도 조금 궁금하기는 했다. 입양. 막연하게 짐작할 뿐 실체가 어떤지 모르는 그 말에 얼마나 오래 시달려 왔던가. 머나먼 나라. 도대체 어떤 내용일까.

"다큐멘터리 감독이 입양인이래요. 본인뿐 아니라 주변 입양인 스토리까지 담아낸 거죠. 더빙도 자막 처리도 안 돼서 보기가 쉽진 않을 거예요. 부족하지만, 제가 최대한 설명하겠습니다."

"벤도 있잖아요! 오늘 모임은 영화보다 대화에 더 의미가 있을 것 같네요."

조유정 회원의 말에 사장이 맞장구를 쳤다.

회원들 중 나이가 좀 있는 아저씨가 벤과 미아 수니를 번갈아 보며 물었다.

"연인? 둘이 사귀는 사이인가?"

그 말은 모두를 집중시켰다. 벤이 생각할 것도 없이 손을 저었고 미아 수니는 이마에 주름이 잡히도록 궁금증을 내색하며 벤을 보았다. 비슷한 외모지만 고립된 사람. 단절. 물에 뜬 기름방울. 미아 수니가 장미에게는 그렇게 보였다. 그건 언어 때문에 소통의 어려움을 겪는 문제와는 경우가 조금 달랐다. 벤이 미아 수니에게 짧게 뭐라고 했고 미아 수니는 그제야 고개를 한 번 끄덕였다. 대화의 주도권을 잡았다고 생각했는지 아저씨가 또 물었다.

"몇 살 때 갔어요? 뭐, 아주 어렸겠죠."

"한 살 반 정도. 네. 어렸죠."

벤이 천천히 띄엄띄엄 말했다. 충분히 알아듣고 하는 말이지만 외국인의 어색한 말투 그대로였다.

"어우, 그럼 아무것도 기억을 못하겠네. 혹시 친부모는 만났어요?"

벤이 어깨를 으쓱하고 미아 수니를 보았다. 조금 당황한 얼굴이었다. 미아 수니는 벤의 기색만으로도 뭔가를 짐작하는 듯했다.

"아얌, 아직……."

"만나면 기가 막히겠네! 이렇게 잘 컸잖아. 독일이라. 후유! 그 어릴 때 거기까지. 선진국이긴 하지만 말야. 참 대단하시네. 그런데 이렇게 말도 다 배우고, 대학원까지. 혹시 논문도 써요?"

"아, 네. 인종 간 입양에 대한 패러다임……."

"아이구야! 학자시구먼!"

아저씨 목소리가 지나치다 싶게 높아졌다. 주변 사람들이 어색한 웃음을 교환하는 걸 장미는 알아차렸다. 그러다 미아 수니와 눈이 마주쳤다. 대화를 얼른 알아듣지 못하는 게 답답해서인지 자리가 어색해서인지 그녀는 다소 불편한 기색이었다. 명확하지 않아도 분위기로 파악되는 것들은 대개 예민한 감정에 따른 문제들이다. 장미는 그녀에게 연민을 느꼈다. 사람들 속에 있어도 철저하게 혼자인 경험. 그건 장미의 것이기도 했다.

그때 다시 문이 열렸고 또 한 사람이 들어왔다.

장미는 흠칫 놀랐다. 청소부였다. 청색 작업복 대신 긴 원피스 차림이라 얼핏 다른 사람인 줄 알았으나 분명히 청소부였다.

순간 두고 온 카디건이 생각났다. 요 며칠 청소부를 보지 못해서 아직 돌려주지 못하고 있었다. 정말 뜻밖이었다. 장미 생각에 청소부는 이 시간에 여기 올 사람이 아니었다. 청소부로 오지 않은 건 확실했다. 단정한 머리에 무늬 없이 단순한 원피스 차림부터가 그랬다. 너무 달라 보이는 청소부를 장미는 멍하니 쳐다보았고 청소부는 그러고 있는 장미를 스치듯 보았다.

"아, 어서 오세요. 처음 오셨나요?"

사장이 청소부에게 자리를 권하며 물었다. 그녀가 건물 청소부라는 걸 알아보지 못한 것 같았다. 청소부도 간단히 대답하고 자리에 앉았다.

"네. 처음이에요."

차분하고 조용한 목소리. 그건 청소부이기도 하고 아니기도 한 나이 지긋한 아줌마의 평범한 목소리였다. 며칠 전 난감했던 그 상황에서 무심코 흘려들었던 청소부의 목소리가 정말 저랬는지 기억나지 않았다. 이제까지의 이미지를 단번에 지워 버린 실제가 혼란스러워서 장미는 청소부를 몇 번이나 흘끔거렸다. 사장이 빔 프로젝터를 켜고 실내 스위치를 끄려다 겨우 장미를 알아보았다.

"어, 막내. 아직 있었냐? 그만 가."

탁.

스위치가 꺼졌다. 장미 앞에 그렇게 간단히 차단막이 쳐졌다. 말소리가 어둠에 잠기고 흰 벽에 영상이 살아났다. 알아들을 수 없는 내레이션을 뒤로하고 장미는 밖으로 나왔다.

오는 길에 컵라면 두 개를 샀다. 진주가 아직 집에 있다면 다른 날보다 두 시간 넘게 늦게 들어오는 걸 곱게 봐줄 리 없었다. 이미 나갔을지도 모르지만 그만큼 하티가 어둠 속에 혼자 있었을 테니 마음이 불편하기는 마찬가지였다.

아득한 계단을 하나하나 밟고 오르는 게 한 걸음 한 걸음 절망으로 다가가는 것 같다고 장미는 생각했다. 계단 끝에

서서 올라온 길을 잠자코 돌아보았다. 굴러떨어지기 딱 좋은 가파른 길. 죽지는 않고 어디 한군데쯤 부러질 정도의 경사였다.

사진관에 모인 사람들의 웃는 얼굴. 반가운 인사. 자신감 넘치는 말투 같은 것들이 자꾸만 떠올랐다. Y대학. 대학원. 상상도 못할 것들이었다. 벤 에르니. 미아 수니. 독일. 상상도 안 되는 머나먼 곳의 것들. 그들은 도대체 뭘 가진 것일까. 어떻게 그런 것들이 가능할까.

"여기쯤에서 놓쳤단 말야!"

어떤 여자가 장미를 지나쳐서 계단을 내려가며 전화기에 대고 짜증을 냈다. 장미는 골목으로 들어가다 멈칫 돌아보았다. 비린내. 불길하고 수상쩍은 냄새에 붙들려서 장미는 가파른 계단을 성급히 내려가는 여자를 지켜보았다. 뿌연 가로등 불빛에 뒤통수만 둥둥 뜬 것처럼 보였다. 저번에 이 골목에서 본 듯한 여자. 장미는 뒤를 살피며 반지하로 숨어들었다.

웬일로 진주가 집에 있었다. 하티에게 분유도 준 것 같았고 방금 벗긴 듯한 기저귀도 보였다. 계단에서의 불길한 예감이 남은 탓인지 고마워야 할 이 상황이 장미는 좀 신경 쓰였다. 진주가 이러는 건 확실히 이상했다. 아기를 낳고도 분유는커녕 안아 보지도 못하고 떠나보낸 애였다.

"요번 일요일에 같이 나갈래? 재수생들이랑 미팅 할 건데."

진주가 빈 컵라면 용기를 싱크대에 던지며 말했다. 장미는 픽 웃었다. 그 소리가 마치 컵라면 대가로 인심 한번 쓴다는 말로 들렸기 때문이다.

"하티만 두고?"

"누워만 있는데 뭘. 너, 너무 오래 못 놀았잖아."

"생각해 볼게."

"웃기고 자빠졌다. 생각? 아직도 그딴 거 하니?"

진주가 화장실로 들어가며 이죽거렸다. 문짝에 부딪히는 물소리에 이어 문틈으로 물이 흘러나와서 얼른 걸레를 받쳐야만 했다. 물 빠짐이 시원찮고 냄새까지 역하게 올라오는 하수구에다 습기가 빠져나가지 못해 집안이 구덩이처럼 변해 가는 중이다. 곰팡이 또한 점점 짙어지고 있다. 하티의 몸은 발진이 더 심해졌고 특히 살갗이 겹치는 부분은 성한 데가 없었다. 하티는 자주 칭얼거렸다. 날씨 탓이었다. 월급 받으면 선풍기를 구하러 재활용품 매장에라도 가 봐야 할 판이었다.

진주의 전화기가 울렸다. 몇 번 울리다 말겠지 했는데 끊어졌다 다시 울렸다. 화장실에서는 아직 물소리가 요란했다.

"진주야, 전화."

장미가 문을 두드리자 진주가 큰 소리로 말했다. 받아 봐.

상대는 여자였다. 시끄러운 곳인지 여자는 이쪽 말을 정확히 알아듣는 것 같지 않았다. 이쪽에서도 잡음과 뒤섞인 여자의 말소리를 제대로 알아듣기 어려웠다. 시간 끌지 말라니까. 너, 걔 여자애…….

별안간 화장실 문이 벌컥 열렸고, 진주가 전화기를 낚아챘다. 얼마나 급했으면 맨몸에 비누 거품이 묻은 채였다. 장미는 진주를 멍하니 쳐다보았다. 뭐 때문인지 당황한 얼굴이었다. 그러나 곧 진주의 눈초리는 쏘듯이 바뀌며 장미를 경계했고 신경질적으로 화장실 문이 닫혀 버렸다.

장미는 어이가 없고 불쾌했다. 받으라고 해서 받은 전화였다. 그래 놓고 그런 눈으로 쳐다보다니. 아마도 몰랐으면 했던 전화를 깜빡 잊고 받으라고 했던 모양이다. 불쾌한 감정은 오래가지 않았다. 진주의 몸 때문이었다. 꽤 오랫동안 진주와 같은 방을 써 왔지만 진주의 알몸을 본 건 처음이었다.

안쓰럽고 슬픈 몸. 진주의 몸은 그랬다. 새로 시작할 거라며 다시 열여덟 살짜리로 돌아갔지만 그럴 수 없다는 걸 배꼽 아래쪽 터진 살갗이 고스란히 보여 주고 있었다. 자기 몸도 그럴 거라고 장미는 생각했다. 목욕탕에서 봤던 또래 여자애들의 매끈한 몸과는 확연히 구별되게 달라진 몸. 이제 열여덟 살. 아직 괜찮았던 때부터 겨우 일 년 몇 개월. 그 짧은 시간에 끝내 돌아갈 수 없는 곳까지 와 버렸다.

미아 수니.

왜 그랬을까. 문득 그 여자가 떠올랐다.

5.
그림자

유리온실에 갇힌 듯한 날이었다. 공기가 두텁게 고여 아침부터 진이 빠지고 무겁게 내려앉은 하늘마저 숨통을 조였다.

장미는 잔뜩 열꽃이 돋은 하티를 두고 나와야 했다. 발진이 점점 심해지고 젖병마저 거부해서 분유를 반도 못 먹인 상태였다. 사정이 어떻든 어쩔 수 없는 일이었다. 그래도 이번에는 불길했다. 뭐 때문인지 하티가 울음을 그치지 않는 것이다. 장미는 팔다리를 버둥거리며 칭얼대는 꼬맹이가 걱정스러우면서도 나가야 할 발목을 잡는 게 짜증 났다. 공갈 젖꼭지도 필사적으로 빨던 애가 먹는 걸 마다하고 간절하게 쳐다보던 게 신경질 났다. 자꾸만 뭘 잘못하고 있는 것 같은 기분 들게 하는 짓이라니. 그 쪼끄만 머리에 뭐가 들어서 양심도 없이 도망치는 꼴로 만드는지.

죄의식이 드는 것도, 잘못인 줄 알면서 어두운 집에 갓난이를 방치하는 짓도 장미로서는 감당하기 어려운 압박이었다. 씻겨서 파우더를 발라 주고 분유를 줘도 울음을 그치지 않는 건 분명히 문제가 생겨서라는 정도야 짐작하지만 그럴 때 어떻게 해야 하는지 그 이상의 처치에 대해서 장미는 알지 못했다.

병원에 데려가야 하는 줄 알지만 그러자면 보험증이 필요했다. 그럴 돈도 없고 무작정 가서 봐 달라고 떼를 쓸 배짱 같은 건 있지도 않았다. 하티는 기록에 없는 애였다. 출생신고도 안 하고 보호시설에서 몰래 데리고 나온 애. 눈 많은 거기서 빠져나오기란 쉽지 않았다.

장미 입장에서야 그럴 수밖에 없는 이유가 분명했어도 막연하게나마 그게 보호원이나 원장의 일을 방해하고 법을 위반했다는 생각마저 들어서 두려움을 안고 지낼 수밖에 없었다. 병원 진료 때문에라도 입양이든 보육원이든 선택해야 한다던 원장의 압박은 지금 하티가 병원에 갈 자격도 안 되는 애라는 결론이나 마찬가지였다. 이 상황이 바로 원장이 말하던 '현실'이라는 걸 장미는 뼈저리게 깨닫는 중이었다. 간절히 기도하듯 무릎 꿇고 숙인 채 보채는 하티의 얼굴을 감싸쥐고 부탁하는 게 장미가 할 수 있는 최선이었다. 울지 마. 울면 더 빨개지니까 자고 있어. 이젠 분유도 없단 말야.

하티의 버르적대던 작은 손이 장미의 머리카락을 움켜쥐었다. 해결되지 않는 욕구에 대한 분노인 듯 그 작은 손아귀는 완강했다. 뭘 모르는 것 같은 갓난이조차 때로는 움켜쥐는 데 전력을 다한다는 걸 장미는 하티를 통해서 이미 경험한 터였다. 장미는 단호하게 그 손을 떼어 냈다.

하티는 습하고 어두운 방에서 혼자 울었다. 아픈 고양이처럼 가냘프게. 장미는 되도록 빨리 거기서 벗어났다. 계단 꼭대기에서 장미는 옷자락을 털며 겨우 숨을 골랐다. 가슴이 너무 답답했다. 숨을 깊게 들이마시고 싶었지만 그게 되지 않았다. 숨구멍에 뜨겁고 묵직한 게 걸려 있었다. 여기서 도망치고 싶어. 처음으로 그런 생각이 들었다. 간절히.

진주가 원망스러웠다. 어제 들어갔을 때 진주는 이미 나간 뒤였고 아침까지 돌아오지 않았다. 전화도 받지 않았다. 하티가 버티려면 기적이 필요하다는 절망감이 장미를 무겁게 휘감았다. 하티는 곧잘 버텨 냈다. 복대에 감겨서도. 길거리에서도. 영양부족 상태에서도. 어두운 공간에 방치된 채 이만큼 버티는 것도 기적이었다. 또래보다 작고 부실한 상태로도 견디며 이 작은 존재는 남다른 생명력을 증명하는 중이었다. 장미가 사태의 심각성을 제대로 인지하지 못하는 것은 장미 역시 덜 자란 미성년인 데다 아파도 외로워도 배고파도 도움을 청하기보다 가난한 할머니를 생각해서 참아 냈던 성장 배경 탓이었다.

여러 번 전화할 입장도 아니고 설사 진주가 받는다 해도 따질 수 없다는 걸 새삼스레 깨닫고 나서야 장미는 포기했다. 화도 가라앉았고 하티에 대한 생각도 엷어졌다. 그렇다고 나아질 일이 아니었다. 하티를 기억하든 까먹든 가슴 밑바닥에 깔린 죄의식과 걱정이 온종일 장미를 짓누르는 건 하티가 심장이나 손가락과 다를 바 없는 장미 것이기 때문이었다. 그래도 장미는 주어진 일 덕분에 웃고 먹고 다른 사람들 비위를 맞추며 하티를 잠시 수면 아래에 둘 수 있었다.

얼마 전 실장이 꾸민 베이비 스튜디오가 효과를 내는 중이라 장미는 더 고단해졌다. 한 달간 진행하는 할인 이벤트가 옥외 광고뿐 아니라 블로그와 SNS에 적극적으로 노출된 참이었다. 오늘 온 쌍둥이 가족은 씨엔톡 회원의 추천을 받았다고 해서 사장이 처음부터 친근하게 굴었는데 그게 그들을 안하무인으로 만들었는지도 몰랐다. 쓸 만한 사진 몇 장 건지자고 오 선생까지 정신을 강탈당하며 거들었건만 원래 시끄러운 사람들인지, 통제 안 되는 두 애들이 그 지경으로 부모를 바꿔 버렸는지, 부부가 똑같이 주위를 아랑곳하지 않고 설쳐 대는 바람에 사진관이 대혼란을 겪어야만 했다. 게다가 양쪽 조부모까지 사진첩에 들어가는 컨셉이었다. 그들이 몇 차례나 옷을 바꿔 가며 카메라 앞에서 온갖 꼴사나운 연출을 아무렇지도 않게 하는 걸 봐서는 애당초 시끄럽기 짝이 없는 집안이라고밖에 할 수 없었다. 그 소란과 온갖 치다꺼리가 모조리 장미 차지였다. 울고 장난치고 방긋거리는 아기들을 보면서도 하티를 떠올리지 못했을 만큼 장미는 지치고 넋이 나가 버렸다.

더할 수 없이 힘든 날이었다. 사장과 실장은 오전에 야외 촬영까지 하고 온 터라 오후의 실내 촬영에 쉽게 지쳤다. 어둑해져서야 다들 한 끼니를 해결하고 늘어졌다. 장미가 내린 커피를 컵에 따라서 돌아서며 사장이 긴 숨을 토하고 중얼거렸다. 애들은 너무 끔찍해.

그제야 장미의 가슴 밑바닥에 눌려 있던 불길한 예감이 고개를 쳐들었다. 어두운 집에 혼자 있을 하티. 하티를 그렇게 두고 나오면 안 될 것 같던 불안감이 증폭되어 엄습했다. 온몸에 차갑게 소름이 돋아 올랐다. 하티가 죽을지도 몰라. 왜 하필 그런 생각이 들었는지. 한번 떠오른 생각은 집요하게 장미를 괴롭혔다. 퇴근하려면 아직 시간이 좀 남아 있었다. 진주는 여전히 전화를 받지 않았다.

침착하려고 애썼지만 결국 작두를 떨어뜨리고 말았다. 하마터면 장미의 발가락이 결딴 날 판이었건만 그걸 걱정하는 사람은 없었다. 걷잡을 수 없는 두려움이 장미를 가만있지 못하게 충동질해 댔다. 장미는 어질러진 것들을 정리하다 말고 화장실로 뛰어갔다. 장미는 어렸을 때부터 극도로 긴장하면 구토 증세를 겪었다. 먹은 게 없어도 그 버릇은 똑같이 속을 긁어 파고야 말았다.

장미가 여자 화장실로 뛰어 들어갈 때 다른 쪽 화장실에서 앳된 청년 둘이 나왔다. 그들이 언뜻 교환한 시선은 모의를 마치고 나온 양 불순하다고밖에 할 수 없었다. 입술에 걸렸다 사라진 미소 역시 비틀려 있었다. 그들은 말없이 상가 밖으로 나갔고 조금 뒤에 남자 화장실에서 쓰레기통을 끌고 나온 청소부가 그들이 사라진 쪽을 미심쩍은 눈길로 바라보았다. 청소부는 쓰레기통에서 비닐봉지를 끄집어내 정리하다가 화장실에서 장미가 세수를 하고 나오는 걸 보고는 일손을 멈추었다.

장미도 청소부를 보고 잠시 멈칫했다.

"아, 저기요. 아줌마. 잠깐만요."

장미는 서둘러 사진관으로 가서 탁자 아래쪽에 두었던 카디건을 가져왔다. 청소부를 만나지 못해 여태 돌려주지 못하고 있었다. 청소부는 그걸 받으며 장미를 빤히 보았다. 하필이면 창피한 꼴을 들키고 만 터라 장미는 아직도 청소부를 똑바로 보기가 민망했다.

"그날 고마웠어요, 아줌마."

듣는 둥 마는 둥. 청소부는 장미를 빤히 보기만 했다. 장미는 고개를 좀 숙이는 척 엉거주춤 인사를 표하고 돌아섰다.

"얘. 너 혹시…… 장미라는 애니? 노장미?"

장미는 청소부를 돌아다보았다. 그게 다였다. 청소부는 더 말하지 않았고 장미는 뒤를 신경 쓰며 사진관으로 돌아왔을 뿐이다.

청소부가 이름을 어떻게 알았는지 궁금했다. 여기서 장미는 야, 너, 어이, 막내 따위로 통했다. 들어올 때야 당연히 이름을 밝혔으나 아무도 그렇게 부르지 않았다. 오 선생이 몇 번 부른 적 있지만 워낙 앞뒤 자르고 필요한 말만 하는 사람이라 그에게 장미는 야, 너, 어이, 막내도 아니었다. 이름에 성까지 붙으면 놀림감으로 제격이라 장미는 어려서부터 애들과 어지간히 싸워야 했다. 예쁘지도 않은 애한테 장미라는 이름은 가당치도 않았으므로 처음 만나는 사람들은 이름을 아는 순간 장미를 한 번 더 쳐다보곤 했다. 그 이름은 무책임한 부모가 던져두고 간 태클이었다. 장미는 이름 알려 주기를 꺼리는 편이었고 성까지 붙여서 한 번에 알려 주는 일은 되도록 피했다. 그런 이름을 청소부가 알고 있는 것이다.

뭔가 할 말이 있는 것 같았다는 느낌을 지울 수가 없었다. 그런 느낌은 장미의 궁금증 때문이기도 했다. 청소부가 장미에게 그런 식으로 말을 붙인 것과 청소부가 어떻게 이름을 알았는지 장미가 내내 의문을 가질 수밖에 없었던 데에는 분명 접점이 있었으나 장미의 생각은 거기까지 미치지 못했다.

어두워지면서 비가 쏟아지기 시작했다. 장미는 장대비에 젖는 거리를 불안하게 내다보곤 했다. 오 선생은 좀 전에 퇴근했고 실장은 탁자에 다리를 엇갈리게 걸친 채 사장이 하는 짓을 한심하다는 듯 쳐다보고 있었다. 사장은 유리창에 튄 물방울을 렌즈에 담느라 애쓰는 중이었다. 클로즈업한 물방울 하나에 거리 풍경을 담고야 말겠다는 거다. 실장이 장미를 힐끗 쳐다보았다. 눈이 마주친 순간을 놓치지 않고 장미는 온종일 망설였던 말을 꺼냈다.

"저기, 실장님. 가불 좀…… 안 될까요?"

실장이 장미를 빤히 쏘아보다 핸드폰을 집어 들었다. 그리고 게임을 시작했다. 그 태도가 말하는 건 분명했다. 장미도 시답잖게 무시당했다는 걸 알았다. 그러나 곱씹고 곱씹어 꺼낸 말이었고 물러설 수가 없었다. 잔인한 시간이 흘러갔다. 사장은 유리창에 붙어서. 실장은 게임에 집중한 채. 장미는 벌서는 아이처럼 오도카니 서서 각자의 시간을 견뎠다.

"삼만 원만 주시면……."

그 말을 하기까지 이십 분이 걸렸다. 장미는 고개를 숙였고 어지럼증을 느꼈다. 적막한 순간이 지속됐다. 장미 머릿속에 말라비틀어진 것 같은 생각 하나가 지나갔다. 죽을 때 많이 아플까.

"니 엄마는 너 이러고 있는 거 아니?"

실장이 탁자에 전화기를 던지듯 놓고 팔짱을 끼며 이죽거렸다.

장미는 불빛이 물기에 번지고 있는 유리창 너머를 멍하니 바라보았다. 머릿속이 텅 비었다. 어떤 분노는 자신을 놓아 버리는 방식으로 무의미해지기도 한다. 그러면 아이러니하게도 편안히 웃음도 나온다. 지금도 그랬다. 실장의 그런 말은 장미에게 어떤 감정도 일으키지 못했다. 원망할 대상이 아예 없기 때문이고 그런 비아냥 정도는 그저 몸뚱이를 통과해 지나갈 만큼 장미의 상태가 견고하지 못하기도 했다. 비로소 사장이 유리창에서 떨어지며 혼잣말처럼 말했다. 주지 뭘 그래.

말끝을 흐리며 다른 말도 했다. 이번엔 21 회비가 안 들어오네…….

우산은 쓰나 마나. 바람에 실린 빗줄기가 어깨까지 적셨으나 장미는 투명한 우산을 꿋꿋하게 받치고 버스를 기다렸다. 손님이 두고 간 투명한 비닐우산. 몸이 젖었어도 우산을 갖고 있다는 건 꽤나 안정감을 주었다. 나만 젖고 있는 게 아니라는 사실도 다행이었다. 정류장은 비 때문에 모여든 사람들로 복작였고 그만큼 별의별 소리가 뒤섞여 소란스러웠다. 장난치는 남학생들. 통화하는 소리. 시끄러운 소리에 질세라 더 크게 떠드는 여자애들. 젖은 담배 연기. 킬킬대는 소리.

다들 젖어서 버스를 기다렸고 젖은 채 버스에 올랐다. 젖은 사람들끼리 옷깃이 닿아도 시비가 되지 않았다. 장미도 뒤에서 몸을 밀착하는 남자들이 어지간히 신경 쓰였어도 몸을 슬쩍슬쩍 피할 뿐 뭐라고 하지 못했다. 가끔 일부러 그러는 것처럼 목덜미에 훅 닿는 입김이 몹시 불쾌했지만 마땅히 피할 자리도 없고 몇 정류장만 더 가면 된다는 생각에 어깨를 움츠리곤 하면서 소심하게 경계심을 드러낼 뿐이었다.

금방 그칠 비가 아니었다. 장미는 우산을 펴지 않고 마트로 뛰어갔다. 어차피 젖었고 이 골목은 어두운 데다 여유롭게 우산 받치고 걸을 처지도 아니었다. 가장 싼 분유를 집어야 했지만 이나마도 참 다행이라고 생각했다. 며칠만 버티면 월급이 나온다. 마트의 처마 한쪽에서 담배를 피우던 앳된 청년들이 장미를 보고 저희끼리 눈빛을 교환했지만 장미는 모르는 척 빗속으로 나섰다. 그러나 곧 저도 모르게 돌아다보았다. 불쾌하게 들러붙는 시선 때문이었다. 그게 버스 안에서의 담배 냄새 뒤섞인 입김과 다르지 않다는 걸 알아차린 건 본능이었다.

장미는 신경이 곤두선 채 걸음을 재촉했다. 불길한 그림자가 거리를 좁혀 오고 있었다. 장미는 종종걸음 쳤고 급기야 뛰기 시작했다.

우산을 놓쳤다. 실장이 손님 물건이니 꼭 가져오라고 했던 거였다. 그러나 그걸 주우러 갈 엄두도 못 냈다. 뛰는 소리. 그건 장미 발소리이기도 했고 아니기도 했다. 심장이 벌렁거려서 착각하나 싶었으나 아니었다. 발굽이 젖은 바닥을 찍는 듯 묵직한 소리가 장미를 따랐고 점점 빨라져 가까워졌다. 장미는 필사적으로 도망쳤다. 무서웠다. 골목에 누가 좀 나타나 주기를 간절히 바랐다. 가파른 계단. 그건 도저히 달아날 수 없게 막아선 벽이었다. 극도로 긴장된 다리가 나무토막처럼 경직됐다. 장대비 소리 가득한 골목에는 강아지 한 마리 없었고 결국 계단에 첫발을 올리기도 전에 장미는 붙잡혔다.

억센 손아귀가 장미의 어깨를 거칠게 잡아 돌렸다. 장미는 두려움을 훅 삼키며 움츠렸다. 숨이 막히고 가슴이 뼈개질 듯 아파서 분유가 든 봉지를 끌어안았다.

어둑한 빗줄기 속에서 청년이 피식 웃었다. 장미의 온 신경을 따갑게 건드리는 웃음. 젖은 머리카락이 눈을 가리고 있지만 분명히 아는 얼굴이었다.

J.

"야. 왜 도망쳐. 나, 모르냐?"

J가 장난스럽게 말했다. J는 여전히 착하게 웃을 줄 알았다.

곧이어 또 한 명이 다가왔다.

재원. 사장의 토요일 모임에 나왔던 바로 걔.

왜 이렇게 됐는지 장미는 대강 알아차렸다. 장미는 재원을 알아보지 못했어도 재원은 장미를 첫눈에 알아보았다. 장미가 인정하지 못하거나 잘 모르는 게 있었다. 장미가 저 자신을 어떻게 생각하든 누군가에게는 장미도 시선을 끄는 데가 있는 애라는 사실. 장미가 혼자 남지 않으려고 노력해서 그나마 친구들과 어울렸다고 믿는 것과 달리 제법 괜찮은 애라는 인상을 주곤 했던 것이다. J 때문에 금방 마음을 접었지만 재원도 장미에게 호감을 가진 적이 있었다. 호감이 훼손당하면 순수한 포기란 없는 법이다. 관심 가졌던 애를 친구가 건드렸다는 걸 알았을 때 재원은 순수했던 자기 감정에 분노를 느꼈고 상대를 하찮게 여기게 된 것은 물론, 저 역시 그래도 될 것 같은 충동에 사로잡히기도 했다. 필름 카메라 수업 시간에 같이 있던 재원을 기억해 내지 못한 건 장미가 오로지 J만 쳐다본 탓이었다. 하필 재원이 사장 모임의 일원인 것도 J와 연락하는 사이인 것도 장미와는 상관없는 일이었다. 그러나 이렇게 되고 말았다.

"그때 걔 맞잖아. 딱 보니까 알겠더구만."

재원이 킬킬거렸다.

"노장미. 반갑다. 이 동네 사는구나!"

J가 상체를 조금 기울여 장미와 얼굴을 맞추면서 말했다. 장미는 고개를 돌렸다.

"너, 좀 달라졌다."

장미는 오던 길로 되돌아가려 했다. 이대로 계단을 올라갈 수는 없었다. 거기에는 하티가 있다. 그러나 J는 만만한 애가 아니었다. 손가락이 가늘고 하얘도 얼마나 거칠고 무지막지한 지, 착하게 웃는 얼굴을 하고도 얼마나 잔인하게 굴 수 있는 지 장미는 너무나 잘 알고 있었다. J가 장미의 어깨를 쓰다듬 을 듯 다가들었다. 장미는 뒷걸음질 치다 돌이 울퉁불퉁하게 박힌 옹벽에 부딪혔고 동시에 신음이 터졌다.

"크흐흐! 조민. 너 재한테 삭제된 거 같은데."

재원이 또 웃었다.

"아마 아닐걸."

J가 다시 얼굴을 맞추며 속삭이듯 말했다.

"내가 모임에 가면, 우리 또 보겠네. 너 거기서 알바 한다 며."

장미는 그제야 J를 똑바로 보았다. 토요일 모임. J가 거길 오겠다는 소리였다. 장미의 머릿속이 다시 텅 비었다. 생각이라는 걸 할 수가 없었다. 분명한 것은 몸이 기억하는 것뿐이었다. 아프다. 아프다. 아프다.

J가 양손을 들고 물러나며 다시 착하게 웃었다.

"우리, 이 정도면 운명이지! 노장미. 또 보자."

그들이 저희끼리 툭툭 장난치며 떠났다. 불순한 웃음소리가 빗소리에 감겨 음울하게 내려앉았다.

그들이 사라지고 나서야 장미는 정신을 차렸다. 그리고 천천히 계단을 올라갔다.

J가 나타났다. 무섭고 혼란스러운 일이 벌어졌다. 그는 여전히 잘생겼다. 아니, 더 근사해진 것 같다. 이젠 고등학생도 아니다.

가슴이 옥죄듯 아파 왔다. 전에도 이랬다. 그를 생각하면 이렇게 가슴이 저리고 아팠다. 장미는 그때도 바로 이 통증에 사로잡혔고 헤어 나오지 못했고 전에 없던 이 감정을 사랑이라고 믿었다. 그 증상이 도지고 말았다.

나를 찾아왔어. J가.

오래전에 보았던 텔레비전 드라마가 떠올랐다. 주인공 남자가 첫사랑을 우연히 보고 미친 듯이 찾아 헤매던 이야기.

흔하고 뻔한 설정인데도 장미는 안타깝게 어긋나는 그들의 인연 때문에 잠을 설쳤고 어쩌다 회를 놓쳐서 드라마를 못 보면 안달이 났다. 첫사랑 여자는 남자의 아이를 혼자 키우고 있었다. 그들은 해피엔딩이었다. 첫사랑. 장미는 고개를 저었다. 사랑이 이런 거라면 드라마 주인공들이 그렇게 행복해할 리가 없었다. 그들은 장미처럼 십 대도 아니었다. 게다가 장미는 첫사랑도 아니었다. J에게는 이미 세희가 있었다.

정체를 알 수 없는 설렘은 반지하 계단에 발 디디는 순간 싸늘하게 굳었다.

문이 활짝 열려 있고 불이 켜져 있었다. 하수구가 역류하고 있었다. 구멍에서 토해지는 구정물이 흘러들어 이미 집 안이 물바다였다. 싱크대 밑에 있던 것들이 둥둥 떠 있고 젖병이 컵라면 용기 같은 쓰레기들과 뒤엉켜 있는 걸 보고 장미는 충격에 빠졌다. 장미는 허물어지듯 주저앉아 바닥을 더듬었다. 하티를 찾아야만 했다. 그렇게 두고 나가는 게 아니었다. 무릎으로 기어 다니며 장미는 미친 듯이 바닥을 훑었고 짐승처럼 울었다. 없다. 없다.

"진주야! 진주야!"

그 소리는 빗소리에 잠겨 곤두박질쳤고 반지하의 구정물

로 맴돌 따름이었다. 위층에 사는 여자가 내려와서 보고는 집주인에게 전화를 걸었다. 그제야 장미도 전화기를 생각해 냈지만 진즉에 물에 젖어서 먹통이었다.

한심하다는 듯 위층 여자가 말했다.

"걔, 자기 애 데리고 나가던데. 나 참! 대가리에 피도 안 마른 게……."

6.
이모

가린다고 가렸지만 여기저기 수상쩍은 흔적이 아무래도 진주가 맞은 것 같았다. 장미는 모르는 척해 주었다. 진주도 모자를 눌러쓴 채 컵라면에만 집중했다. 라면은 미처 면발이 채 풀어지지도 식지도 않은 상태였다. 혼자 먹어서 미안한 기색도 같이 먹겠느냐는 시늉도 없었다. 진주는 독이 잔뜩 올라서 누가 건드리기를 기다리는 애 같았다.

장미는 분유통이 든 비닐봉지로 시선을 돌리며 침을 삼켰다. 집을 잃어도 하티가 없어져도 배는 고팠다. 뜨겁고 강한 라면 국물에 대한 욕구는 강렬하다 못해 그게 목구멍을 넘어갈 때의 타는 듯한 맛을 상상하는 것만으로도 모든 감각이 팽팽해졌다. 진주가 빠져든 게 바로 이거였다. 장미한테도 지금 그 맛은 너무나 간절했다.

"피시방? 찜질방?"

국물까지 죄다 빨아먹고 나서야 빈 용기를 쓰레기통에 처박으며 진주가 툭 뱉었다. 어디서 지낼 것인지 묻는 거였다.

반지하 방은 물에 잠긴 뒤로 들어갈 수 없게 돼 버렸다. 하룻밤 사이에도 곰팡이는 천장까지 점령하며 저주처럼 퍼졌고 하수도가 토해 낸 냄새도 고약했다. 집 안이 말라야 청소하고 벽지라도 새로 어떻게 할 텐데 비가 자주 내리는 때인 데다 집주인이 자기가 비용 들일 일이 아니라고 딱 잘라 버렸다.

위층 여자 때문에라도 거기로는 더 갈 수 없었다. 짐 때문에 갔을 때 그 여자가 장미와 진주를 두고 '글러먹은 것들 짓거리' 어쩌구 했다. 비린내가 거기를 얻을 때 보증금이랍시고 맡긴 돈을 어떤 여자가 이미 찾아갔다는 사실도 장미는 눈치챘다. 장대비가 내리꽂히던 날 어떤 여자가 기어이 반지하 방에 들이닥쳤던 것이다. 진주가 그것에 대해 어떤 얘기도 꺼내지 않는 건 말할 필요가 눈곱만큼도 없어서였다. 재수 없게 당한 일을 빨리 털어 버리고 싶을 게 빤할 진주를 장미는 굳이 건드리지 않았다. 진주는 온몸으로 곤욕을 치렀다. 하티를 데리고 도망칠 때까지.

"난 찜질방은 못 가."

진주가 바닥에 침을 탁 뱉었다. 장미는 분유통을 만지작거리기만 했다. 그럴 수 있다면 이모라는 여자, 그 여자에게 가고 싶었다. 이 분유통을 가지고 하티가 있는 거기로. 하지만 그건 진주가 이미 못 박은 일이었다. 하티 받아 준 게 어딘데. 원장 전화도 대신 해결해 준다고 했어. 그 이모 착해. 너, 고마운 줄 알아야 돼.

장미는 고개를 주억거렸다. 진주가 수모를 당하면서도 혼자 도망치지 않아서. 하티를 포기하지 않은 게 고마워서. 하티가 혼자 물속에서 죽지 않게 해 줘서. 친구이자 식구나 마찬가지인 진주가 그렇다면 그런 거였다. 그러나 장미는 내내 불안했다. 하티와 떨어진 게 처음이니 그럴 만도 했다. 그러나 한 번도 본 적 없는 여자가 하티를 데리고 있다는 게 미덥지가 않은 데서 오는 불안감이 더 컸다.

모르는 집 모르는 여자. 그 집에는 하티 같은 아기들이 몇명 더 있으니 걱정 말라고 진주가 말했지만 그 말은 아무래도 수상쩍었다. 출산하고 잠시 머물기까지 하는 모자 보호원 같은 데가 아닌 건 분명했다. 가난한데도 아기들을 너무나 좋아해서 보살펴 준다는 사람. 이모. 본 적 없는 그 여자를 장미는 믿지 않았다. 장미 경험으로 세상에는 그렇게 좋은 사람이 있을 리 없었다. 그러나 지금은 다른 도리가 없었다. 아무려면 길거리보다야 당장은 '집'이라는 데가 낫지 않겠나.

"있잖아, 진주야."

"지하도 가자. 보관함 있는 데로."

"진주야. 그 이모 말야. 하티, 시설 같은 데 안 보내겠지?"

"그럼 안 되지."

진주가 먼저 횡하니 편의점을 나갔다. 그 단호한 대답에 안심하며 장미는 진주를 따라갔다. 간신히 여며서 지퍼를 닫은 가방을 메고 불룩한 부직포 가방을 안고 가면서 둘은 절대로 뒤를 돌아보지 않았다.

이모를 귀찮게 하면 안 돼.

진주가 낯선 전화번호를 전송해 주며 '안 돼'를 딱 부러지게 강조할 때 쏘아보던 눈빛이 떠올라 소름이 돋았다. 그건 그저 주의를 상기시키는 눈초리가 아니었다. 며칠 전 샤워하다가 전화기를 낚아챌 때의 바로 그 눈빛이었다. 장미는 고개를 끄덕이면서도 위험을 감지했다. 그때는 무심코 넘겼는데 어쩐지 그때도 그냥 넘길 일이 아니었다는 생각이 드는 것이다.

집요하게 졸라서 얻은 전화번호. 진주가 마지못해 짜증 내며 알려 준 번호였다. 처음에 진주는 이모의 주소는 물론 연락처도 모른다고 딱 잡아뗐었다. 제 풀에 넘어간다고, 그게 말도 안 되는 억지라는 걸 깨닫고 나서야 진주가 고집을 꺾어서 그나마 다행이었다.

화장실 거울에서 장미는 도저히 열여덟 살 여자애라고 믿을 수 없는 실패자를 마주하고야 말았다. 빛 꺼진 얼굴은 이제 웃는 법을 잊었고 피시방에서 웅크린 채 밤을 보낸 터라 머리까지 명료하지 못했다.

이상한 기시감으로 장미는 햇살 쏟아지는 정류장에서 멍하니 버스 몇 대를 그냥 보냈다. 하티가 없다는 게 꿈만 같았다. 속이 뭉텅 팬 듯 허전하면서도 하티라는 애가 정말 있었나 싶게 여태까지의 일들이 거짓말처럼 느껴졌다.

이게 다 꿈이라면. 지독한 꿈속을 헤매다 깼을 뿐이라면. 갑자기 눈물이 핑 돌았다. 뜨거운 게 가슴 밑바닥으로 흘러 하필이면 배꼽을 아프게 건드렸다. 말라비틀어진 관이 뜨겁게 팽창하며 정신 차리라고 지적하는 것 같았다. 손가락이나 심장처럼 본능적으로 몸에 연결된 애. 하티는 그렇게 여전히 배꼽 통증으로 느껴지는 애였다. 아무것도 되돌리지 못한다.

장미는 몇 번이나 이모의 번호를 확인했다. 방법을 찾아야만 했다. 길거리에서 견디는 건 문제가 아니었다. 전에도 이렇게 견뎠다. 먹는 것도 자는 것도 사람도 일회용으로 인스턴트로 그럭저럭. 그때는 불편하고 비참한 노릇일망정 어떻게든 버텼다. 지금은 버티기만 할 노릇이 아니었다. 머리를 굴려야 했다. 이모를 찾아갈 구실이라고는 분유통밖에 없지만 이게 아니라도 집은 알아 둬야 했다. 진주가 모르게. 이모를 귀찮게 하지 말라던 경고 때문에 섣불리 통화 버튼을 누르지 못했으나 바로 그 말 때문에 불쑥불쑥 저쪽을 확인하고 싶은 충동이 일었다.

하티가 없다는 게 사진관으로 가는 걸 무의미하게 만들었다. 그래도 출근한 건 갈 데도 없고 마땅히 뭘 해야 할지 몰라서였다.

실장은 출근하지 않았다. 사장은 그것에 대해 어떤 내색도 하지 않았다. 그의 태연한 표정이나 행동만 보자면 실장은 여기에 아예 없었던 존재였다. 이틀이면 이틀, 사흘이면 사흘. 실장의 부재가 사장의 무관심으로 확인되는 건 그들

관계를 의심하게 만드는 빌미가 되곤 했다. 장미한테야 그들의 냉전 문제가 바다 건너 불구경이지만 야외 촬영이라도 있는 날이면 사정이 달라졌다. 사진관 안팎으로 잡스러운 일이 더 많아진다는 점에서.

"막내, 저거랑 반사판도 챙겨 와."

사장이 카메라 가방을 짊어지고 나가며 말했다.

장미는 시키는 대로 장비를 차에 실었고 조수석에 탔다. 야외 출장에는 보조가 있어야 한다는 것과 현장에서 할 일이 심부름뿐이라는 걸 알기 때문에 장미는 잠자코 따랐다. 그러나 몸은 누적된 피로감에 휩싸였고 머리는 온통 이모와 하티 생각으로 어지러웠다.

주차를 공용 주차장에 하는 바람에 장미는 촬영 부자재를 들고 꽤나 걸어야 했다. 운현궁까지 가는 동안 등짝이 다 젖어 버렸다. 궁의 돌담을 보고 나서야 장미는 사회복지회 쪽에서 들어온 일을 떠올렸다. 중요한 사진관 일은 심부름이나 하는 보조가 정확한 내용까지 알 수도 없고 알 필요도 없었다. 사장과 실장이 어제 오전에 촬영을 나갔고 오늘까지 이어진 일에 실장 대신 자기가 왔다는 게 장미가 짐작하는 정도였다.

어제의 폭우가 공기를 산뜻하게 걸렀고 식물의 제 색깔을 살려 냈다. 요리 행사라도 벌어질 참인지 운현궁 뜰에 무대가 차려졌고 무대 양쪽으로 길게 쳐진 천막 아래 탁자에는 그릇들이 준비되는 중이었다. 전통음악이 흐르고 한복 차림의 사람들과 외국인들로 북적이는 궁은 활기가 넘쳤다.

사장은 그늘 한쪽에 자리를 잡고 카메라 가방을 열었다. 장미가 먼저 할 일은 사장을 위해 냉커피를 사 오는 거였다.

커피숍에서 나온 장미 곁으로 벤이 다가왔다.

"안녕하세요? 또 만났어요."

서툰 말투로 벤이 인사를 건넸다. 장미는 엉겁결에 고개를 좀 숙이면서도 그가 왜 여기 있는지 몰라서 그를 몇 차례 흘끔거렸다. 그는 여전히 다리를 좀 절었고 이제 보니 목덜미에 제법 큰 흉터도 있었다.

"미아 수니도 왔어요?"

잠자코 나란히 걷기가 어색해서 건넨 말이었다. 벤은 대답 대신 살짝 미소를 지었다. 그가 그렇게 웃는 건 처음이었다. 저렇게 예쁜 표정이 있었구나 싶게 환했다. 이제껏 알던 인상이 순식간에 풀리는 게 신기해서 장미는 벤을 또 쳐다보았다. 벤도 그랬다. 웃음 띤 얼굴로 장미를 한 번 더 보았다.

그 순간 장미는 가슴 한쪽이 고무줄처럼 당겨지는 걸 느끼고 당황했다.

"어디 아파요?"

벤이 손동작으로 장미가 그렇게 보인다는 시늉을 했다. 장미는 저도 모르게 침을 삼키며 시선을 피했다. 쓸데없이 심장이 건드려졌다. 목구멍이 뜨거워지는 바람에 장미는 손등으로 입술을 문질렀다. 혹시라도 어젯밤의 추레한 흔적이라도 들켰나 싶어서 매무새를 살피기도 했다. 표정만 보고도 어디 아프냐고 묻는 사람. 그런 식의 관심을 받아 본 적이 없어서 장미는 감히 상대를 똑바로 보지도 못했다. 눈물이 맺히는 걸 들킬까 봐 찡그린 채 하늘만 보았다. 햇살이 너무 강했다. 뭐 때문인지 벤이 또 빙긋 웃었다.

"나 통역해요. 사장님이랑 한 팀."

장미는 고개를 끄덕였다. 뭘 알아서가 아니었다. 사회복지회에서 들어온 일이고 벤이 통역을 맡았다면 입양인에 대한 일일 거라고 짐작했을 뿐이다.

문득 고양이처럼 울던 하티가 떠올랐다. 장미는 입술을 깨물었다. 나 참 못됐어. 지옥 가겠지. 그런 생각이 들었다. 잠깐이지만, 하티한테서 벗어나 홀가분하다는 걸 느끼고 만 것이다. 벤이 웃을 때. 햇살을 고스란히 느낀 순간 그랬다. 자유로움. 가슴에 환히 불이 켜지는 듯한 기분. 몸이 가붓해지는 착각. 어두운 방에서 혼자 울고 있지 않아서 다행이다. 봐줄 사람이 있잖아. 더구나 아기를 좋아하는 사람이라니 잘된 거지. 안심하려는 가슴 밑바닥에 죄의식이 번지고 있다는 걸 장미도 모르지 않았다. 그저 모른 체하기로 할 뿐. 안다고 해도 어쩔 수 없는 일이라.

그늘 아래서 사장이 열 명쯤 되는 사람들과 이야기를 나누고 있었다. 거기에 미아 수녀도 있었다. 머리카락이 거의 없는 남자에게 어깨를 내준 채. 얼핏 보기에 좀 이상한 조합이었다. 희거나 노르스름한 머리와 검은 머리가 모인. 피부색이 다른 아이와 어른이 모인. 전혀 어울리지 않아 보여도 어떤 이유로든 연결된 사람들. 그중에서 장미의 시선을 가장 끄는 사람은 단연 미아 수녀였다.

그녀의 어깨에 친근하게 둘러진 남자의 손은 아버지나 할아버지의 손길이 아니었다. 마치 자기 어깨에 닿기라도 한 듯 장미는 그 손이 몹시 불쾌했다. 머리카락이 없는 남자가 미아 수녀의 머리에 입을 맞추었다. 미아 수녀는 가만히 있었다. 연인 관계로밖에 볼 수 없는 스킨십. 가슴이 훤히 드러나는 옷. 민소매 차림이라 고스란히 드러난 문신은 미아 수니의 인상을 한층 더 강하고 반항적으로 규정하고 있었다. 애교나 단순한 장식 수준이 아니었다. 장미한테는 징그럽게 느껴질 정도의 큼직하고 짙은 문양. 비늘 가득한 문양은 용도 뱀도 아닌 게 그저 찌푸린 시선이나 끌 정도로 섬세하지 못했다. 어깻죽지에도 작은 문신이 있었다. 어린애가 서툴게 흉내 낸 듯한 글자. 순이.

글자 역시 어색했다. 외모와 말법이 어긋나 버린 그녀처럼.

수니와 순이를 동일시하기란 쉽지 않았다. 사장이 말할 때 'ㅅ'에 힘을 줘서 '쑤우니'처럼도 들렸던 순이. 감정이 빠져나간 듯한 표정과 여기가 아닌 먼 데서 온 것 같던 수니를 과거 시골에서나 불렸을 순이로 이해하는 건 혼란스러운 노릇이었다. 어깻죽지에 자기 이름을 새긴 여자라니.

사장이 두 개의 카메라에 용도가 다른 렌즈를 끼워 하나를 장미에게 건넸다. 장미는 잠자코 카메라를 목에 걸었다. 이동 중에 렌즈를 갈아 끼우지 않으려고 예비 카메라를 준비한 것이고 장미는 이게 필요할 때 재깍 사장 옆으로 가야 했다.

"벤. 자연스럽게 걸으면서 사람들이랑 이야기 나눠요. 나

신경 쓰지 말고. 운현궁에 대한 설명도 걱정 마요. 여기는 전
문 해설사가 있어요."

"통역해도 아이들, 이해하기 어려울 거예요. 역사를 몰라
서."

"갓난이 때 떠났을 테니 뭐. 그래도 전통 음식 체험 행사
는 어렵지 않을 거예요. 도우미들이 돌아다니며 도와줄 테니
까. 나중에 맛없는 것만 감수하면 되고."

"다들 기대하고 있어요."

"좋은 경험으로 기억되면 좋겠네요."

"이렇게 보고 돌아가면 아이들 생각 달라져요. 나도 그랬
어요. 처음 왔을 때 아무것도 몰랐어요. 하지만 계속 떠올랐
어요. 저런 기와지붕. 어떤 냄새. 나랑 비슷한 사람들. 기억
속의 말. 신기한 경험이었죠……."

"입양한 아이 때문에 여기까지 오는 사람들. 참 대단해요.
네가 누구인지 알아야 한다, 그런 의도잖아요."

"모든 양부모가 다 그러지는 않아요."

"적어도, 여기 온 아이들은 다행인 거죠."

"다행……."

벤이 어떤 기억이 떠오른 듯 말꼬리를 흐렸다. 잠깐 사이에

도 벤의 시선은 내면으로 빠져들 듯 다소 멍해졌고 표정에 그늘이 드리워졌다. 누가 알아채지 못할 자리에서 장미는 혼자만의 생각에 갇힌 벤을 바라보았다. 벤도 입양아였다. 언뜻 보기에는 대학원에 다닐 만큼 괜찮은 양부모를 만났다고 할 만했다. 그러나 그늘진 사람이었다. 그토록 환한 웃음을 덮어 버린 그늘. 사진관에 처음 들어설 때부터 그런 인상이 강했다. 더구나 한쪽 다리를 절고 목덜미에 깊은 흉터까지. 그런 흔적은 사는 게 쉽지 않았던 개인의 기록이다.

사장이 시험 삼아 사람들을 카메라에 담아 보다가 벤을 향해 돌아섰다. 그리고 잠시 다른 곳으로 갔던 벤을 소환했다. 찰칵.

"오, 그 무표정!"

제법 친해졌다고 생각했는지 사장이 장난스레 말을 걸었고 벤이 정신 차리며 어색하게 미소 지었다. 사장의 카메라가 미아 수니에게 맞춰졌다.

"다정한 저 남자, 미아 수니 가족이겠죠?"

벤은 대답하지 않았다.

"거의 아버지뻘인데, 혹시 양아버지?"

사장이 카메라를 고정한 채 물었다. 렌즈를 빌어 호기심

채우는 건 사장의 버릇이었다. 빤하고 짓궂은 말. 시치미 떼고 물었지만 몰라서가 아니라 호기심 때문이라는 게 훤히 드러난 소리라 벤은 못 들은 척했고 사장도 자기 실수를 곧 알아챘다. 무슨 낌새를 알아채기라도 한 듯 미아 수니까지 다가오는 바람에 사장은 당황해서 애먼 장미에게 시선을 돌렸다. 장미는 얼결에 냉커피를 건넸다.

미아 수니가 벤에게 뭐라고 했다.

"미아가 물었어요. 멤버 아니라도 거기 갈 수 있는지. 성장 앨범 아이들. 필립이 궁금해해요. 이건 부탁이에요. 거절해도 됩니다."

"아, 민들레의 집?"

"필립은 자유 기고가예요. 소설도 가끔은. 궁금한 게 있나 봐요. 돌아가기 전에 거기 동행할 수 있는지 물었어요. 필립은 다음 주에 먼저 떠나요. 미아 수니 말이, 거절도 오케이라고 했어요."

"자유 기고가……."

사장이 또 장미를 보았다. 난처해서 무심코 그랬을 뿐이지만 의논 상대도 아닌 장미로서는 당황스러운 순간이었다. 사장이 머뭇거리는 건 일정에 맞지 않는 부탁인 데다 시설

측 의견도 구하지 않고 함부로 가타부타 할 문제가 아니기 때문이었다. 그러나 장미는 호기심이 발동하는 사장의 표정을 읽었다. 더구나 방금 한 실언을 만회해야 할 입장이기도 했다.

"가능할지 알아보죠. 취재 때문일까요?"

"아마도. 물어볼게요."

"예정된 날짜 아니면, 방문 허락에 필요한 설명이 좀⋯⋯."

해설사가 모습을 드러냈다. 여기저기서 탐방을 기다리던 사람들이 모여들었다. 외국인이 대부분이었다. 해설사가 움직이자 벤은 통역사로 사장은 사진사로 이동했다.

일행처럼 보여도 일행이 아닌 사람들이었다. 둘 혹은 셋인 입양 가족들. 되도록 다른 가족들과 겹치지 않게 촬영해야 하는 게 사장의 일이었다. 스마트폰으로도 웬만한 사진이 가능한데 사장이 이렇게까지 나서는 건 이번 일정이 평범하지 않다는 의미였다. 입양 기관이나 방문자들의 기록 자료가 전문가 수준은 되어야 할 정도로.

"생모에 대한 분노일 수도 있어요."

옆에서 언뜻 들려온 말에 장미는 저도 모르게 돌아보았다. 중년 여성 둘이서 장미처럼 일행과 거리를 둔 채 따라가

며 하는 말이었다. 차분한 외모와 차림새가 공무원이나 교육
자처럼 보였다.

"입양아 대부분이 본능적으로 엄마와 연결돼 있죠. 생물
학적 아버지보다 생모와의 관계가 절대적이에요. 존재에 대
한 끝없는 의문으로."

장미는 멈칫했다.

입양. 또 그거였다. 그럴 수 있다면 여기서 멈추고 싶었다.
그러나 장미는 사장이 손 뻗을 만한 거리에 있어야 했다. 그
들은 이 팀을 따라온 사람들이 분명했다. 사회복지회 사람들
이거나 거기에 관계된 사람들. 그렇지 않다면 그런 말이 하
필 여기서 나올 리 없었다.

"대부분 생모에 대한 그리움과 의문에 시달리니까. 신생아
때 입양돼도 구멍 난 기억을 안고 살아야 하고, 나를 책임져
야 할 엄마가 자기를 버렸다는 분노와 평생 싸워야 하죠. 그
런 심리가 자기 보호 대상으로 아버지 같은 사람을 찾게 한
다고나 할까."

"아이러니하네요. 생부의 무책임으로 일 벌어진 경우가 얼
마나 많은데."

"이 문제는 개개인의 잘못을 따지기보다 사회적 역할에서

고민할 필요가 있어요. 피해자가 피해자를 원망하는 상황. 입양아도 생모도 결국 다 피해자예요. 가해자를 누구로 규정할 수 있을까요? 평생 벗어나지 못할 의문과 죄의식으로 힘들어하는 이 문제의 원인 말예요."

"어렵네요. 저 아가씨는 생모를 찾는 이유가 분명하더라구요."

"궁금하겠죠. 한번쯤은 만나야 하고."

"네. 직접 듣고 싶대요. 자기가 왜 버려졌는지. 그뿐이래요."

"그래요? 뭐, 당연하죠."

"좀 냉정하게 들리던데."

"냉정할 수밖에요. 가끔 방송에 나오잖아요. 친부모 찾아주고, 만나는 과정까지 연출하는 프로그램. 끔찍하죠. 한국식으로 음식 차려서 대접하고, 울고. 맛있다 소리라도 하면 만족하고. 여태까지 다른 걸 먹어 온 사람이라는 배려도 없이. 거기에 감상적인 아나운서의 멘트에다 극적으로 포용하면 드라마 완성. 맙소사! 시간이 지나도 왜 달라지는 게 없는지."

"좀 편협한 시각 아닌가요? 방송의 순기능도 있는데. 성과도 무시할 수 없고."

"방송 자체가 아니라 접근하는 인식 문제를 말하는 거예요. 다른 방식으로 살아온 사람들인데. 헤어져 있던 친척이 아니라, 평생 자기 존재에 의문을 가진 사람들이잖아요. 만남의 감동보다 물어보고 싶은 게 먼저인 사람들. 가치관도 가족에 대한 인식도 우리식이 아닐 테고, 그 아이들을 키운 음식도 달랐어요. 아마 한국인이라는 생각을 갖기도 어려울걸요. 언어 소통조차 어려운 그들에게 섣부르게 우리식의 것들을 주입하려는 건 이기심이에요. 그들이 이해하고 선택할 수 있을 때까지, 중요한 건 가족으로 줄 긋기보다……."

그들의 말소리는 장미에게 들리기도 하고 안 들리기도 했다. 장미는 어깨를 파고드는 장비가 버거워서 수차례 어깨를 추슬렀고 어지간히 땀을 흘렸다.

그건 장미와 상관없이 흘러나온 말이었으나 장미와 무관하다고 할 수도 없는 말이었다. 그들의 대화에서 장미가 자신의 문제를 발견했다든가 혹시 벌어질 수도 있는 미래를 상상한 건 아니었다. 장미는 그들의 이야기를 자신과 연결 짓지도 못했다. 그저 듣는 내내 불편하고 까닭 모르게 화가 나고 우울할 뿐이었다. 귀를 막고 돌아서고 싶어도 그러지 못할 뿐이었다.

일하러 온 보조라는 처지보다 강하게 장미를 옭아매는 말. 입양. 그 경계에 위태롭게 걸린 애가 바로 하티라는 사실을 장미는 막연하게나마 느껴왔다. 하티로 인해 요구된 말이 그뿐이기 때문이었다. 다른 말은 들어 보지 못했다. 하티를 어디론가 보내지 않아도 된다는 말은. 도망치지 않고 둘이 살 수 있는 방법에 대해서는 들은 바가 없었다. 단 한 번도.

더 참지 못하고 장미는 이모의 전화번호를 눌렀다. 두 여자의 대화가 장미를 막연한 두려움과 불안감에 빠뜨린 탓이었다. 이모가 전화를 받았다. 순간 모든 걱정과 두려움이 거짓말처럼 사라졌다. 다 괜찮아. 안심해. 그러나 하티 얘기를 꺼내자 저쪽은 말이 없어졌고 전화가 끊겼다.

툭.

마치 심장을 끊어 버린 듯한 소리에 장미는 멍해졌다. 정신을 차리고 다시 걸었으나 받지 않았다. 재발신. 거절. 재발신. 거절. 전화기가 꺼져 있습니다.

장미의 숨소리가 거칠어졌다. 진땀이 흘렀다. 진주는 바쁘다고 했다. 폼 나는 일자리를 찾을 거라더니. 재발신. 거절. 재발신. 거절. 장미는 온몸이 떨려서 어금니를 깨물었다.

하티가 없다는 것.

그건 엄청난 혼란이었다. 고작 누워만 있던 애. 울기만 하던 애. 손이나 버르적대던 갓난이가 자기를 붙잡고 있던 구심점이라는 걸 장미는 무섭게 깨달았다. 그게 사라진 것이다. 속은 것만 같았다. 분명한 게 전혀 없었다. 아무리 생각해도 정리가 되지 않아 장미는 넋 나간 채 서 있곤 했다.

전화를 받지 않는다면 진주도 이모도 찾을 수 없다는 사실을 장미는 그제야 깨달았다. 너무 순진하게 굴었다. 대체 어떤 근거로 진주를 믿을까. 이제는 찾아갈 집도 없는 상황이다. 이모의 정체가 뭘까. 그런 사람이 진짜 있기는 할까. 진주는 하티를 왜, 어디로 보냈을까. 진주는 지금 어디 있을까. 도와 달라고 부탁할 사람이 없었다. 있다고 한들 하티를 어떻게 설명한단 말인가.

기록에 없는 애. 증거가 없는 애. 장미는 고개를 저었다. 전화기에 문제가 생기는 일은 종종 있다. 진주가 아무 때나 전화 받을 수 없는 일을 시작했을지도 모른다. 그래. 별일 아닐 거다.

한편으로는 다른 생각이 고개를 쳐들었다. 검은 구멍의 이기심이라고 해도 좋을. 하티가 없으면 퇴근 시간을 초조하게 기다릴 필요가 없다. 돈을 더 받을 수 있는 일자리를 찾을 수도 있다. 그러면 되지 않았나. 다시 열여덟 살짜리가 되어 공부도 마저 하고 친구도 사귀고 뭐든 새로 시작할 수 있는데. 장미와 하티는 서로에게 완전하지도 안전하지도 않았다. 그건 분명했다. 더구나 하티를 일부러 버린 것도 아니었다. 어쩔 수 없는 사고 때문이었다. 무엇보다 하티에게는 집이 필요하다. 보살펴 주고 먹여 줄 사람이 붙어 있어야 한다. 길거리에서 사는 것보다 백배 낫지 않나. 그런데 왜 이렇게 불안한지. 멍 자리가 건드려지듯 자꾸만 가슴이 아프고 울음이 목구멍에 걸리는 까닭을 장미는 이해하지 못했다. 자기 자신의 일이라도 그랬다.

"안 되면 되게 하라."

사장이 홈페이지에 공고를 띄우고 만족스러운 듯 중얼거렸다. 번개 모임을 결정한 것이다. 단지 필립을 위해서. 아니, 순전히 사장의 호기심 때문이었다. 성장 앨범을 위해 찾아가던 시설에 그럴듯한 구실을 붙여 방문을 허락받은 사장은 다음 순서로 동행 가능한 회원의 신청을 받기로 했다. 독일 소설가이자 자유 기고가인 필립과 동행하는 특별 방문. 특별한 방문이 되도록 사장은 인원을 제한했고 물품 기부까지 생각해 냈다. 그 자료나 영상을 자기 홍보에 활용할 거라는 속내는 설명이 필요 없었다.

사진관을 나오기 전에 장미는 다시 전화를 걸었다. 이모는
여전히 받지 않았다. 문자를 남겼다. 최대한 불쾌하지 않게.

　-이모. 하티 분유랑 옷 때문에요. 주소 좀 알려 주세요.

7.

특별 방문

확실히 잘못됐다. 나쁜 의도가 있지 않고서야 남의 아기를 데리고 있는 사람이 이렇게 전화도 문자도 피할 리 없었다.

　-월급 받았어요. 하티 기저귀랑 분유값 드릴게요. 귀찮게 안 해요.

문자지만 최대한 공손하게 또박또박. 그러나 효과는 없었다.

장미는 진주를 찾아다녔다. 걔를 본 게 까마득하게 느껴져 몹시 혼란스러웠다. 가진 거라고는 교통카드뿐. 이틀 뒤에나 받을 월급을 언급한 것은 달리 방법이 없어서였다. 이렇게라도 하면 이모 마음이 좀 움직일까 싶어서.

장미로서는 진주랑 다녔던 데를 다 뒤지는 수밖에 없었다.

피시방. 찜질방. 패스트푸드점. 만화방. 편의점. 주점. 공원. 여관. 비를 피했던 상가 건물 계단까지. 온수 나온다고 일부러 찾아갔던 화장실까지. 그러다 피자 배달하던 민우를 우연히 보고 연락처를 알려 주기까지 했다. 민우가 아는 가게에 진주가 들렀다고 해서였다. 진주랑 걔는 잠깐 사귄 사이였다. 걔는 가래침을 뱉으며 장미의 홀쭉해진 배를 흘긋 곁눈질해 보기만 했다.

망설인 끝에 찾아간 쉼터에서는 피하고 싶었던 선생을 만나고야 말았다. 여자였으나 여자 같지 않았던 선생. 그녀는 진주에 대해 아는지 묻는 장미를 물끄러미 보다가 딱 한 마디 했다. 갈 데 없으면 그냥 와.

장미는 뒤도 안 돌아보고 나왔다. 거기로 다시 갈 생각은 꿈에도 없었다. 오갈 데 없는 장미가 거기를 나올 수밖에 없었던 데에는 그만한 이유가 있었다. 배가 불러서 길거리를 헤매던 여자애를 대하는 태도는 쉼터라고 별다르지 않았다. 표 나지 않게 가해지는 차별과 수모. 배려와 관심으로 가장한 신체 접촉이 무엇보다 끔찍했다. 그녀는 여자의 탈을 쓴 남자거나 여자도 남자도 아닌 괴물이었다. 애들의 몸 냄새를 탐닉하던 그 얼굴을 어떻게 잊을까. 진주를 만난 곳도 거기였다. 진주는 장미에게 집적거리는 선생을 똑바로 쳐다보며 면상에 물컵을 집어 던졌고 이튿날 도둑으로 몰렸다. 그때부터 가족이었던 진주였다. 장미는 간절했다. 제발, 진주야. 나한테 이러지 마.

날이 너무 뜨거웠다. 빈속으로 헤매느라 너무 쉽게 지쳤다. 지치니까 머릿속도 엉망이었다. 장미는 거리를 헤매면서도 문득문득 도대체 뭐 때문에, 왜 이렇게 헤매고 다녀야 하는지 의문스러워지곤 했다. 모든 게 허상 같았다. 하티가 있었다는 게 착각으로 느껴질 만큼 모호해지는 게 단지 피곤해서인지 기억력 장애인지도 알지 못했다. 어쩌면 다 그만둬버리고 싶어서였는지도. 그때마다 배꼽이 건드려졌다. 정신차리라는 부저 작동처럼. 예리한 아픔이 거기서 현실을 일깨우지 않았다면 어느 골목에서든 장미는 주저앉았을 것이다.

명료하게 정신이 들 때마다 장미는 한계를 느꼈다. 너무 힘들어. 온몸이 아파. 아프지 않게 죽을 수 있다면. 다치고 따돌려져도 호소할 데가 없었던 장미에게 아프다는 건 통증 이상의 절망이었다. 뭘 잘했다고 울어. 제 복은 갖고 태어난다는데, 네가 그 모양이니까 어미 아비가 다 도망갔지. 너 같은 건 아파도 싸. 부모가 자기를 버린 게 제 탓이라고 자책할 일은 아니었다. 아픈 할머니가 팍팍한 자기 인생이 불효막심한 자식 탓이라고 원망할 때마다 어린 손녀를 혹 취급해서도 안 될 일이었다. 그러나 장미는 그렇게 자랐다. 예쁘지 않고 재수 없는 자기 때문에 모든 게 잘못됐다고 생각하면서. 장미 경험으로는 보호 받지 못하는 애가 나쁜 애가 되기는 쉬웠고 타락한 애가 수모 당하고 힘든 건 너무나 당연했다. 다만, 아픈 건 최악이었다. 철저히 혼자뿐이라는 확인. 지독하고 명징한 벌.

모호한 상태로도 장미는 멈추지 않았다. 진주를 찾아야 했다. 그러면 분명해질 것이다. 그런데 진주가 없다. 어디에도. 장미는 탈진해서야 지하도 의자에 주저앉았다. 내밀한 데서 여지없이 사악한 속삭임이 깨어났다. 넌 최선을 다했어. 잘된 거지. 감쪽같잖아. 봐, 증거도 없는걸. 하티 얼굴이 가물가물했다. 기억에서 지워지듯. 서너 번 눈을 힘주어 뜨곤 했으나 머리가 벽에 닿자마자 잠이 쏟아지기 시작했다. 어디든 가서 등을 펴고 잠 좀 자고 싶었다. 장미는 흐릿해지는 눈으로 보관함 쪽을 바라보았다. 그새 저기서 진주가 자기 물건들을 찾아갔을까 봐 걱정이 됐다.

진동으로 해 둔 전화기가 몇 번 울리다가 멎었다. 반사적으로 꺼냈으나 이미 먹통. 배터리가 바닥까지 소진됐다. 장미는 무섭게 내려앉은 몸을 일으켰다. 그리고 보관함에서 충전기를 꺼내 코드가 있는 곳을 찾아갔다. 사진관 전화번호가 떴다. 이미 여러 번 거기서 전화가 왔다. 여전히 진주 흔적은 없었다. 이모도 마찬가지.

장미는 벽에 기댄 채 눈을 감았다. 잠이 쏟아졌다. 사장이 화가 났을까. 연락도 없이 안 나갔으니 화내는 거야 당연하고 만약 그렇다면 별일이었다. 실장도 오거나 말거나 하는 사람이 보조 따위가 결근했다고 뭐라고 할 것 같지는 않은데. 실장이나 오 선생일지도 모르지만 어쩐지 장미는 사장의 전화라는 생각이 들었다. 부재중 전화 중에 개인 번호 끝자리가 언뜻 사장의 전화번호인 듯한 것도 있어서.

전화하기도 싫고 변명하기도 귀찮았다. 진주를 찾아야 한다는 생각 말고는 머리가 움직이지 않았다. 사진관 따위 당장 그만둬도 아쉬울 게 없었다. 하티 때문에 참았지, 하티가 아니라면 굳이 사진관에 매일 필요도 없다.

배터리가 충전되기를 기다리는 것도 고역이라 반도 못 채운 충전기를 뽑고 장미는 다시 거리로 나섰다. 지치고 늘어진 몸이 꼭 걸레 같았다. 제발 어디라도 가서 등을 펴고 싶었다. 지금은 진주보다 하티보다 그게 더 간절했다. 그러나 이 거리 어디에도 장미가 멈춰 쉴 곳이란 없었다.

장미는 잠시 걸음을 멈추고 하늘을 보고 주변을 둘러보았다. 깨끗하게 꾸미고 활기차게 활보하는 사람들. 웃음소리. 시원한 카페에서 차를 마시는 연인. 빵 가게의 풍경. 모든 게 비현실적이었다. 어떻게 저게 다 가능한가.

결국 도착한 곳이 사진관. 갈 데가 여기뿐이라는 게 서글 펐다. 법정 시급도 못 받는 여기가 지친 몸이 기대려는 막다 른 골목이라니. 가로등 옆에서 장미가 머뭇거리는 사이에 실 장이 사진관으로 들어갔다. 장미는 더는 그쪽으로 가지 못했 다. 실장의 부재가 그랬듯, 사실은 실장보다 하찮은 보조의 필요성은 진작 저 사진관에서 사라졌을지도 모른다. 사정이 뭐든 간에 전화까지 무시한 처지였다.

장미는 무거운 걸음으로 화장실로 갔다. 변기에라도 앉아 쉬고 싶었고 비누질로 손이라도 씻고 싶었다. 피로가 한꺼번 에 쏟아져 화장실까지의 몇 걸음마저 힘겨웠다. 속이 너무 빈 탓이었다.

계단 밑 공간이 눈에 들어왔다. 잠기지 않았고 문이 좀 열 려 있었다. 게다가 아무도 없었다. 바닥에 깔린 스티로폼을 보는 순간 자석에 끌리듯 장미는 안으로 숨어들었다. 그리고 정신을 놓아 버렸다.

죽지는 않고 어디 하나 부러질 정도의 가파른 계단에서 장미는 까마득히 추락하는 꿈을 꾸었다.

병든 고양이 새끼 같네.

신경 끄셔. 괜히 뒤탈 나지.

할머니가 장미의 손을 매몰차게 뿌리쳤다. 전과 달리 냉정하기가 이를 데 없었다. 할머니가 분명한데 젊고 살집이 좋아서 할머니보다 엄마처럼 보이기도 했다. 기억도 나지 않는 엄마가 할머니 얼굴에 겹쳐 있는 듯했다. 할머니로 가장한 엄마가, 엄마인 척 구는 할머니가 쌀쌀맞은 소리로 장미를 몰아붙였다. 병든 새끼 고양이처럼 구질구질하다고. 어느 결에 맞았는지 뺨이 얼얼했다. 장미는 내쫓기지 않으려고 뭘 잘못했는지도 모른 채 빌고 또 빌며 울었다. 눈물은 나오지 않았다. 가증스럽다는 듯 엄마도 할머니도 아닌 얼굴이 다가들었고 옹이가 느껴지는 손아귀가 어깨를 아프게 움켜쥐었다. 장미는 비명 지르며 버둥거렸다. 하티처럼 손을 버르적대며 엄마도 할머니도 아닌 얼굴을 할퀴려 들었다.

"얘가 아주 살쾡이처럼 구네!"

억센 손아귀가 기어이 장미를 일으켜 앉혔다. 앙바틈한 청소부가 물러나며 혀를 찼다. 잔뜩 골이 난 청소부 뒤로 다른 청소부 얼굴이 보였다. 김순영. 그 얼굴은 엄격하게 굳어 있었고 속을 꿰뚫겠다는 듯 장미를 쏘아보는 눈에 미동도 없었다. 겁이 났을까. 기가 죽어서였을까. 하필이면 창피한 꼴을 봐 버린 사람이라 장미가 개미 오줌만큼의 자존심마저 지키기 어려웠는지도 몰랐다. 아니면 지칠 대로 지친 본능이 노골적으로 온정을 기대했는지도. 봇물에 둑이 터지듯 울음이 터지려는 걸 장미는 간신히 참았다. 더 이상 관여하지 않겠다는 듯 앙바틈한 청소부는 자기 짐을 챙겨서 계단 밑을 떠났다. 그녀가 사라지는 곳에 어둠이 깔려 있었다.

장미는 엉거주춤 물러나 벽에 기대앉았다. 이성으로야 벌떡 일어나 툭툭 옷자락을 털고 여기를 떠나고 싶지만 몸이 그러기를 거부했다. 괜찮다면, 그래도 된다면 장미는 아침까지 여기서 그냥 좀 자고 싶었다. 청소부는 잠자코 청색 작업복을 벗어 벽에 걸었고, 미니 냉장고에서 물을 꺼내 마셨다. 장미는 저도 모르게 마른침을 삼켰다. 온종일 물도 못 마셨다는 걸 깨닫자 미친 듯이 갈증이 일었다. 좀 마시겠느냐는 듯 청소부가 물병을 들어 보였다. 장미는 시선을 돌렸다.

"좀 물어보자. 갈 데 없니?"

야단치기로 작정한 선생님 같은 말투.

장미는 대답하지 않았다. 내쫓는다면 나가는 수밖에 없었다. 경찰에 신고할 수도 있고 바로 옆 사진관에 알릴 일이기도 했다. 아무래도 상관없었다. 더는 아무것도 할 수 없으니. 청소부는 장미를 잠자코 바라보기만 했다. 여전히 엄한 표정이었고 입술은 무뚝뚝하게 닫혀 있었다. 청소부는 손가방을 챙겨 나갔고 문 앞에서 다시 장미를 빤히 보았다.

"안에서 잠가라. 불은 안 켜는 게 좋을 거다."

장미는 눈을 내리깔았다. 가슴이 뜨거워지고 눈물이 왈칵 쏟아졌다. 어금니를 깨물어도 막지 못할 울음이 목구멍에 아프게 걸렸다. 관리인을 두고 한 말을 조심하라는 염려로 알아들은 탓이었다. 이 오래된 건물에는 안내소가 따로 없고 장미가 관리인을 본 적 없을 뿐 경비를 맡은 사람이 없는 건 아니었다.

어둠을 몰아넣으며 문이 닫혔고 장미는 어둠에 갇혀서 무릎 사이에 얼굴을 묻었다. 할머니가 생각났다. 그러나 세상 어디에도 없는 사람이었다. 할머니가 너무 원망스러웠다. 얼굴도 모르는 부모는 원망할 대상도 못 되었다. 기억에 없으면 미워할 감정도 생겨나지 않는다. 할머니에 대한 원망도 잠만큼은 아니었다. 장미는 다시 지독한 잠에 끌려들어 갔다. 정신을 놓치기 전에 간절한 생각 하나가 오롯이 남았다. 고모한테 가자. 돌아가자.

다른 날보다 좀 일찍 장미는 사진관으로 들어섰다. 월급 때문이었다. 날짜가 하루 더 남았지만 그걸 받아야 움직일 수 있었다. 도저히 참지 못하고 미니 냉장고에서 물이며 과일 몇 개를 꺼내 먹은 굴욕감도 월급을 받아야 떨쳐 낼 수 있었다.

사장이 장미를 쳐다보는 눈초리가 뜨악했다. 장미는 그의 심상치 않은 눈초리를 피하며 제자리에서 버텼다. 저 표정이 혹시라도 풍길지 모르는 불쾌한 냄새 때문이 아니기를 바라면서. 청소부들이 출근하기 전에 화장실에서 비누로 재빨리 구석구석 씻고 머리까지 감았으나 옷은 그대로였다.

뭐 때문이든 사장은 심기가 아주 불편해 보였다. 시선을 피했을 뿐 장미가 사장의 눈치를 보는 건 아니었다. 여기에 더 이상 미련이 없어서 그 정도 오기가 생기는지도 몰랐다. 보조를 당장 내칠 심사라도 사장이 월급을 먼저 해결해야 한다는 걸 알기에 가능한 오기였다.

"어제, 너 뭐야?"

사장 목소리에 감정이 실려 있었다. 실장이 결근해도 무관심하던 사람이라 장미는 그 반응이 의아했다. 장미는 고개를 살짝 숙이며 사과했다.

"죄송합니다. 좀 아팠어요."

고민도 없이 거짓말이 나왔다.

"메모리 카드, 너한테 있지?"

다급한 추궁이었으나 장미는 멍하니 사장을 쳐다보기만 했다. 생각지도 못한 말이었다. 그런 걸 왜 자기한테 묻는지 장미는 금방 알아채지 못했다.

메모리 카드라니. 그건 당연히 사장이 챙겨야 하는 거였다. 카메라 가방에 잘 넣어 두거나. 왜 그런 트집을 잡나 싶어서 장미는 억울했다. 그러나 대들 입장이 아니라서 주머니를 뒤져 보는 시늉을 했다. 주머니 끝에서 작고 딱딱한 게 잡혔다. 그거였다. 메모리 카드. 장미는 당황했다. 그게 왜 자기한테 있는지 알 수가 없었다. 딴생각 가득 찬 머리로 사장이 시키는 거나 겨우 했으니 그걸 케이스가 아니라 무심코 주머니에 넣은 게 기억날 리 없었다.

자기 주머니에 넣어도 될 것을 보조에게 넘긴 행동에 한

숨 쉬며 사장이 메모리 카드를 낚아챘다. 보조가 그걸 케이스에 담아 카메라 가방에 넣는 것 정도야 당연히 할 거라고 믿은 자책감이 실린 손짓이었다. 그게 어쩌다 제 주머니에 들어왔는지 장미가 모른다고 해도 잘못은 잘못이었다. 작업 결과를 잃을까 봐 사장이 열이 오를 수밖에 없는 상황이었다.

사장이 메모리 카드의 내용을 확인하는 동안 장미는 그대로 서 있었다. 커피 머신 옆에 과자가 눈에 들어왔다. 저걸 건드린다는 건 보조로 돌아간다는 의미. 장미는 가늘게 숨을 뱉으며 커피를 내렸다. 과자 몇 개도 잽싸게 집어 먹었다. 커피가 거름망을 통과해 떨어지는데 위가 뒤틀렸다. 빈속에 들어간 과자 조각이 위를 건드려 뭐든 더 달라고 아우성치는 거였다.

전자시계의 날짜에 시선이 걸렸다. 토요일.

잠시 뒤에 사진관으로 몇 사람이 동시에 들어왔다. 장미는 심장이 멎는 줄 알았다.

J.

그가 들어섰다. 그날 헛소리를 한 게 아니었다. 재원과 벤도 함께. 곧이어 미아 수니와 필립도 따라 들어왔다. J의 시선이 닿는 순간 장미는 반사적으로 돌아섰다.

거기서 알바 한다며. 또 보겠네.

그 말이 진짜였다. 가슴이 미친 듯이 뛰고 열이 올랐다. 장미는 발등을 찍고 싶은 심정이었다. 진작 월급 이야기부터 꺼냈어야 한다. 내일 받으러 오겠다 하고 일찌감치 여기를 나갔어야 한다. 과자 쪼가리에 구차하게 발목 잡히기 전에. 후회를 하고 또 하면서도 장미는 거울을 통해 그를 흘끔거리고야 말았다.

"선생님, 제가 말씀드린 친구예요."

재원의 소개가 끝나기 무섭게 J가 깍듯하게 폴더 인사를 했다.

"선생님의 까마득한 영화과 후배입니다. 잘 부탁드립니다."

"아, 그래? 영화과하고는 별 관계없는 일이지만, 후배라니 반갑네."

이렇게 사장은 선생님이 되기도 했다. 사장이 내민 손을 잡는 J가 아주 깍듯했다. 장미가 알고 있는 J의 다른 면이었다. 매끈하고 선한 얼굴. 순수해 보이는 미소. 게다가 예의 바르기까지. 깨끗한 첫인상에 그런 행동은 J를 제법 괜찮은 청년으로 각인시키기에 충분했다.

뒤따라 들어온 벤은 사장과 J의 가벼운 대화를 미아 수니와 필립에게 설명했다. 사장과 J 관계를 바라보는 그들의 표정 역시 호의적이었다. 그들은 이미 그렇게 하나의 팀으로 이루어져 있었다. 장미는 중요하지도 않은 그 얘기를 통역까지 하는 벤이 덩달아 못마땅했다. J의 착해 보이는 얼굴 속에 어떤 악마가 숨어 있는지 안다면 저들이 어떤 눈으로 자기를 쳐다볼까 싶어 소름이 돋았다. 숨소리를 조심해야 할 만큼 가슴이 떨리는 게 두려움 탓인지 J가 자기를 만나려고 여기 왔을지도 모른다는 생각으로 설레는 것인지 장미는 종잡을 수가 없었다.

"막내야, 여기 마실 것 좀."

방금까지의 감정을 털어 낸 듯 사장 목소리가 부드러웠다. 뭘 마시고 싶은지 일일이 물어볼 엄두가 나지 않아서 장미는 머릿수에 맞게 대강 커피와 주스를 따라서 탁자로 가져갔다. 사장이 힐끗 쳐다보았으나 장미는 무시했다. 월급 받으면 끝이다. 까짓, 일당 까려면 까라지.

사장은 필립에게 시설에 다니며 해 온 일들을 설명하고 자료들을 몇 개 보여 주기도 했다. 필립은 수첩에 뭘 적기도 하고 자료를 자기 카메라에 담았다. 장미는 귀를 닫으려고 애썼다. 그쪽을 보지 않으려고 베이비 스튜디오 쪽으로 가서 소품 의자에 앉아 그들이 어서 시설로 떠나기만을 바랐다. 곤욕스러운 시간이 지루하게 이어졌다.

드디어 그들이 일어났다.

"야, 막내. 저거 챙겨서 와."

밖으로 나가는 손님들 끄트머리에서 사장이 깜빡 잊었다는 듯 말했다. 뒤통수를 맞은 듯 장미는 멍하니 사장을 쳐다보았다. 말도 없이 안 나오고 메모리 카드로 속 썩였어도 사장에게 장미는 여전히 막내였다. 출사에 필요한 것들은 그가 이미 다 챙긴 상태였다. 그가 가리킨 것은 탁자 옆에 있는 제법 큰 상자. 무겁고 부피가 제법 커서 장미가 들기에는 다소 버거운 기부 물품 상자였다.

"저기요, 사장님."

사장의 눈썹이 이내 찌푸려졌다. 그가 부드러워졌던 건 손님들 때문이었다.

"저, 안 가면 안 될까요? 사진관이 비는데."

제법 강단 있게 한 말이었건만 사장은 간단히 무시했다.

"닫고 와."

장미는 소파 등받이를 꽉 잡았다. 그만두겠다고 말하기에는 이미 늦었고 그냥 따르자니 너무 짜증스러웠다. 차라리

오지 말걸.

별수 없이 장미가 상자를 밖으로 끄집어냈을 때 벤이 다가왔다. 그리고 특별 방문을 위해 참여한 남자의 승합차에 상자를 실어 주었다. 씨엔톡 모임에서 실례인 줄도 모르고 벤과 미아 수니에 대해 묻던 남자. 떡집을 하는지 승합차 옆구리에 '종가의 맛'이라는 상호와 함께 선물용으로 포장된 떡 사진이 붙어 있었다. 차 안에는 기부 물품으로 이미 떡 상자가 실려 있었다.

두 여자가 이미 승합차 뒷자리에 타고 있었다. 씨엔톡 모임에서 본 회원과 청소부. 재수가 없으면 뒤로 자빠져도 코가 깨진다더니 하필 청소부까지 여기 있을 게 뭐람. 청소부가 아예 다른 사람인 척 꾸미고 앉아 있는 게 장미는 신경에 거슬렸다. 장미 눈에는 봉사니 뭐니 하는 일과 청소부가 영 어울려 보이지 않았다. 냉장고에서 꺼내 먹은 것들이 더 속을 꼬이게 만들었다고도 할 수 있다.

인사도 어색하고 모르는 척하기도 그래서 장미는 고개를 좀 숙이는 시늉을 하고 그녀의 옆에 앉았다. 앞자리가 비었지만 J와 재원이 뒤에서 기다리고 있으니 그럴 수밖에 없었다.

지난번 모임 때처럼 청소부는 단정한 차림이었다. 씨엔톡에 나오는 사람이면 사진관 회원이고 회원 대상으로 공지한 내용에 청소부가 합류하는 거야 전혀 이상할 일이 아니었다. 그러나 장미는 그녀의 옆자리가 너무나 불편했다. 건물 청소부에게 봉사활동은 가당치도 않다는 생각 때문에 속도 꼬였다. 그런 감정이 꿈틀거릴 필요도 없는 일이었으나 감정 변화는 이성보다 예민하고 이기적인 편이었다.

청소부가 자기 가방에서 음료수를 꺼내 씨엔톡 회원에게 권했다. 장미에게는 바나나 맛 우유를 주었다. 장미는 머뭇거리다가 그것을 두 손으로 받았다. 이번에도 거절해야 한다는 머리보다 그 맛을 아는 본능이 더 빨랐다.

"어머나. 음식 준비로 정신 없으셨을 텐데, 이런 것까지. 근데 전 커피 가져와서 괜찮아요."

"아, 네."

회원이 음료수를 거절해서 청소부는 그걸 다시 가방에 넣었다. 장미는 바나나 맛 우유를 돌려줄 수가 없었다. 배 속이 벌써 미친 듯이 반응하고 있어서. 뒷자리의 대화가 들렸는지 J와 재원이 무심코 돌아보았다. 동시에 장미의 시선이 창밖으로 도망쳤다.

장미는 바나나 맛 우유를 참을성 있게 갖고 있다가 조금

씩 마셨다. 청소부는 가방의 음료수를 다시 꺼내지 않았고 창밖만 내다보았다. 음료수 권하는 걸 J와 재원이 봤을 텐데 청소부가 그들에게는 아무것도 주지 않았고 본인도 마시지 않았다. 염치없게도 빈속은 바나나 맛 우유를 달게 받아들였고 그걸 먹었다는 사실은 장미의 굴욕감을 더 키웠다.

앞자리에는 J와 재원. 허벅지가 닿을 만큼 밀착된 청소부. 사장이 외국에서 온 사람들만 자기 차에 태우는 바람에 장미는 숨 막히는 시간을 견뎌야 했다. J의 뒤통수가 보지 않으려야 안 볼 수 없을 만큼 가까워서 정말 고역이었다. 모발 상태며 귀 모양까지 봐야만 하는 자리에서 장미는 자신의 달라진 또 한 가지를 분명히 깨달았다. J가 싫다. 머리카락 한 올까지도 거슬린다. 뒷자리를 의식해 부러 그러는지 아예 무시하는 노릇인지 알 수 없으나 J의 웃음소리며 들뜬 것 같은 말투가 장미는 몹시 거슬렸다. 지독한 오기가 필요했다.

완벽하게 나쁜 일은 없다고들 한다. 장미가 허기를 면한 것부터가 그랬다. 특별 기부 물품의 가장 큰 수혜자는 시설의 아이들보다 장미였다. 청소부가 준비해 온 음식들은 훌륭해서 모두를 만족시켰다. 벤과 미아 수녀는 물론 필립까지도. 제대로 된 음식을 먹어 본 게 언제인지도 모를 장미한테는 말할 것도 없었다. 포만감이 날 선 감정을 다스릴 수 있다는 건 장미가 처음 경험하는 일이었고 청소부에 대한 인식마저 바꿔 버렸다.

청소하고 무거운 물건을 나를 때 벤이 도와주는 것도 그랬다. 장미가 뭘 놓치거나 실수했을 때 짓궂은 표정으로 놀리며 친구처럼 굴어 주는 벤이 장미는 참 좋았다. 문득문득 J의 시선이 걸리기는 했어도 벤이 옆에 있어서 덜 예민해질 수 있었던 건 다행이자 감정 변화로까지 이어졌다. 장미가 심리적 쾌감을 느낀 것이다. 표 나지 않게 상대를 무시하는 건 당사자만 감지할 수 있었다. J는 벤이 거슬린다는 표정을 감추지 못했고 덕분에 장미는 자기가 더는 J에게 휘둘리지 않을 수 있다는 사실을 깨달았다.

무엇보다 찰싹 달라붙는 어린애들이 장미를 홀렸다. 아이들에게 처음 둘러싸였을 때 장미는 정신을 못 차릴 만큼 흥분했다. 그러나 사람을 온전히 차지하려고 서로 경쟁하는 다툼은 귀엽게 봐 줄 차원이 아니었다.

아이들은 장미를 넋 나가게 만들었다. 살을 만지고 비비고 목에 매달리고 꼼짝 못하도록 제 몸을 떠안기는 행위가 얼마나 치열한지 장미를 차지한 애는 그러지 못한 애들의 신경질을 감당해야 할 정도였던 것이다. 웃는 척하며 아이들을 감당했지만 장미는 괴롭고 난처해서 죽을 지경이었다. 아이들이 왜 그러는지 너무나 잘 알아서였고, 더는 어떻게 해 줄 수 없는 주제인 줄 알기 때문에, 하티는 물론 어린 시절의 자기를 확인하는 노릇이기 때문이었다.

일행들이 사무실에서 원장을 만나거나 아이들의 스냅사진을 찍는 동안 장미는 뒷정리를 했다. 그들이 뭘 하든 장미는 관심 없었고 끼어들 처지도 아닌 데다가 여기서 장미가 할 일이라고는 허드렛일뿐이었다. 아무리 봉사를 자청한 사람들이라도 사장에게는 어느 정도 대우를 해 줘야 할 회원들이었으니 설거지를 하거나 쓰레기 치우는 건 아랫사람이 눈치껏 해야 할 일이었다. 누가 시키지 않아도 장미는 자기 역할을 알았다. 아이들이 본능적으로 장미에게 기대할 게 없다는 걸 알아차려서 더 이상 성가시지는 않았다.

"저 절름발이, 뭐냐?"

너무 놀라서 장미는 쓰레기 봉지를 떨어뜨릴 뻔했다. J가 문 앞에 버티고 서서 장미를 꼬나보고 있었다. 빈정거리는 말투에서 장미는 깨달았다. J는 그때와 아무것도, 전혀 달라지지 않았다.

"큭. 설마, 너 지금 간 보냐? 내가, 너한테 무슨 감정이라도 있을까 봐?"

장미는 J를 피해 안으로 들어가려고 했다. J가 앞을 막으며 전화기를 꺼냈다.

"이게 먹통이 된 적 있어서 말야, 번호가 뭐였더라?"

장미는 어금니를 깨물고 J를 바라보았다. 미친 듯이 벌렁거리는 가슴을 들키지 않으려니 온몸이 떨렸다. 가까이서 바라본 J는 정말 낯설었다. 기억 속의 얼굴이 아닌 것 같았다. 단 한 번도 그리운 적 없었건만 떠난 적도 없었던 얼굴. 너무나도 또렷하게 남아 잠을 설치게 하던 그 얼굴이 소름 끼치게 다가와 있는 것이다.

"왜?"

장미가 두려움 속에서 겨우 꺼낸 반항이었다. 그 짧은 반응으로 장미는 새삼스레 깨달았다. J로 인해 모든 게 달라졌고 엉망이 되었건만 그와 이렇다 할 대화를 나눈 적이 없었다는 사실. 참 가엾게도 좋아한다는 고백이 가장 긴 말이었고 유일한 말이었고 J는 그것을 폭력을 정당화하는 근거로 삼았다.

J가 픽 웃었다.

"번호 좀 따자는데, 왜?"

전화기를 쥔 하얀 손가락을 보는 순간 하티가 생각났다. 버르적대던 하티의 손가락도 저렇게 생겼던 것 같다. 머리카락을 앙칼지게 움켜쥐던 손. 그랬다. 하티는 무섭도록 J를 닮았다. 온몸에 따갑게 소름이 돋았다. 짜증이 났는지 J의 표정이 비틀렸다. 그가 뭐라고 하려는데.

"노장미! 거기서 뭐 하고 있어?"

청소부가 나타났다. 장미는 청소부를 빤히 보다가 안으로 들어갔다. 그리고 청소부가 세탁한 것들을 건조대에 널고 함께 옷장을 정리했다. 장미는 자주 청소부의 눈치를 살피곤 했다. 이름에 성까지 붙여서 자기를 부른 게 아무래도 이상해서였다. 일부러 그런 것 같은 느낌을 떨칠 수가 없는 것이다. 청소부는 그런 장미에게 눈길도 주지 않았다.

서로 바라던 것을 얻었는지 사진관으로 돌아왔을 때 일행의 관계는 꽤나 친밀해져 있었다. 특히 사장과 필립은 거의 친구처럼 가까워졌다. J와 재원이 선생님으로 깍듯하게 모시는 바람에 기분이 한층 좋아진 데다 기부 물품으로 힘을 보태 준 회원들에게 성의를 보여야 할 입장이라 사장은 일행을 근처 식당으로 안내했다. 장미는 일찌감치 거기서 벗어났다.

그들이 뭘 먹을까 결정도 하기 전에.

어두워질 때까지 장미는 정류장 의자에 앉아 있었다. 교통카드 충전금마저 바닥나 버렸다. 후줄근한 백팩에 든 거라고는 몇 가지 소지품과 파우치, 배터리 충전기. 충전할 수 있는 데라도 찾아야 했다. 별안간 욕지기 같은 게 토해졌다.

"아! 씨바……"

내일은 일요일. 그걸 이제야 깨달은 것이다. 멍청하게도. 월급 받아야 하는데 사진관이 내일 문을 닫는다. 젠장. 사장이 들어간 음식점이라도 찾아가야 하나. 장미는 고개를 떨구었다.

두 정류장쯤 걸어서 영화관으로 갔다. 그리고 사람들로 북적이는 카페에서 몰래 배터리 충전을 시도했다. 탁자도 차지하지 못하고 이러는 건 금방 눈에 띌 일이었다. 코드를 끼우자마자 수신된 내용부터 확인했다. 이모한테서는 여전히 어떤 연락도 없었다.

진주의 부재중 전화.

가슴이 철렁했다. 재빨리 통화를 시도하는데 그새 알아채고 점원이 다가왔다. 장미 또래의 아르바이트생처럼 보이는 애가 말했다. 여기서 이러면 안 돼요. 말끝에 '요'는 붙였지만 멸시하는 표정이 역력했다. 장미는 양해를 구하는 표정으로 점원을 보며 발신음만 내고 있는 전화기에 대고 목소리를 높였다. 너 지금 어딘데? 빨리 와. 점원은 연기에 속은 것 같지 않았다.

"큭큭. 미친년. 뭐라는 거야."

전화기 너머에서 진주가 웃었다. 장미는 잠시 어리둥절했다. 진주가 전화를 받았다. 분명히 개 목소리였다. 장미는 필사적으로 전화기에 매달렸다.

"너, 어디야? 진짜 어딘데? 어디냐구!"

"아, 왜 소리치고 지랄이야."

장미는 침착하려고 애썼다. 지금은 진주를 건드릴 때가 아니었다. 성질난다고 전화를 끊어 버리면 곤란해진다. 장미가 감정을 누르며 애를 썼건만 진주는 도움 될 만한 소리를 끝내 하지 않았다. 누구랑 같이 있는지 낯선 목소리를 따라 킬킬거리느라 장미가 묻는 말에도 건성이었다. 장미가 알아들은 건 '빨리 와' '끝내줘' '끼워 줄게' 같은 소리에 웃음소리가 전부였다.

어디로 가야 하는지 묻는 말에 진주는 '지하'라고 했다. 그러더니 뭐가 그렇게 우스운지 실컷 킬킬대다가 귀가 아플 정도로 버럭 소리 질렀다. 나, 오래 안 기다려!

전화가 끊겼다. 재발신은 애처롭게 울리다 멎었다. 점원도 더 참아 주지 않았다. 카운터에 있던 남자 점원까지 다가올 낌새라서 장미는 충전기를 챙겨서 거기를 나왔다.

지하도. 거기서 지금 진주가 기다린다는 거였다. 장미는 서둘러 지하철역으로 갔다. 그러나 역무원이 버티고 있었다. 다리 아프게 다른 노선을 찾아갔으나 무임승차 막으라는 지시라도 떨어졌는지 역시 역무원이 버티고 있었다. 다른 역을 찾아가던 도중에 장미는 포기했다. 걷고 또 걷는 게 지겨웠다. 오래 안 기다린다고 했는데 벌써 너무 지체했다. 문자를 남기는 것 말고는 방법이 없었다.

−나 차비 없어. 꼭 찾아갈 테니까 연락 받아.

사방이 캄캄해졌다. 낮에 먹은 게 그나마 버틸 수 있는 힘이었다. 갈 데라고는 계단 밑 공간뿐이었다. 절망적으로 끔찍한 이 상황에 넌덜머리가 났다. 고모한테 가자. 꼭. 장미의 한숨 끝이 떨렸다.

웬일로 문이 잠겨 있지 않았다. 중요한 게 아니더라도 청소부들의 비품에 미니 냉장고까지 있는 곳을 이렇게 둘 리가 없는데. 의아해하면서도 장미는 안으로 숨어들었다. 그리고 문을 잠그고 어둠에 파묻혔다.

8.

텅 빈 요일

"몰래 들어간 거 아니라니까요. 확인해 보면 되잖아요."

경찰에게 장미는 그 말만 되풀이했다. 고개도 못 들고 기어드는 목소리로.

한밤중에 장미는 건물 관리인에게 발각되어 지구대까지 오고 말았다. 두 번 몸 누인 곳이라고 어느 결에 마음까지 부렸는지 자다가 무심코 미니 냉장고를 열었던 게 화근이었다. 계단 밑 공간은 가벽으로 만들어져 불빛이 새어 나가는 걸 막기에는 너무 엉성했다. 의례적인 순찰을 하던 관리인은 수상쩍은 불빛을 발견하자 문을 두드렸고 놀란 장미가 꼼짝도 하지 않는 바람에 경찰을 부를 수밖에 없었다. 청소부들의 공간이라 열쇠는 그에게 없었고 임시 공간이라도 함부로 부술 권한 역시 그에게 없었던 것이다.

경찰은 장미가 마지못해서 꺼낸 학생증으로 장미에 대해 파악하는 중이다. 장미는 몰래 들어가지 않았다는 소리 말고는 입을 거의 떼지 않았다. 사진관에서 일한다는 건 이 문제로 월급을 못 받게 될까 봐 함구했고 전화기도 잃어버렸다고 둘러댔다. 강제로 뒤지기라도 하면 당장 들통날 일이었으나 일단 빠져나가고 보자는 심사였다. 경찰은 표정에 변화도 없이 기어이 전화번호를 불 게 만들었고 거짓말 탐지라도 하듯 전화를 걸어 장미를 두려움에 빠트렸다. 다행스럽게도 배터리 바닥 난 전화기는 백팩 밑바닥에서 얌전히 자고 있었다.

경찰은 더 이상 집요하지 않았다. 고모가 알게 될지도 모를 끔찍한 상황을 피하려고 장미가 일가친척도 없는 애처럼 굴었어도 별말이 없었다. 그게 상대방을 믿어서가 아닌 줄은 장미도 알았다. 거짓말쟁이로 믿건 말건 장미는 그저 이쯤에서 이 문제가 정리되기를 바랄 따름이었다. 학생증을 꺼내기 가장 두려웠던 건 학교로 연락이 갈까 봐. 이미 떠난 곳이고 진작 문제아로 낙인찍어 쫓아낸 데지만 그래도 이런 문제가 통보되는 일만은 막고 싶었다.

학생증을 경찰에게 넘겨줄 때 장미는 자신을 또 증오했다.

도대체 아무짝에도 쓸모없는 이따위를 어쩌자고 여태 갖고 있었을까. 학생도 아니면서. 임신해서 쫓겨난 주제에. 그동안 백팩 귀퉁이에서 꺼내 본 적도 없을 만큼 불필요했던 걸 하필 이런 일로 꺼내다니. 학생증을 내내 소지했던 이유를 설명하기는 어렵다. 이유 같은 게 있기나 한지 모를 만큼 사실은 잊고 있었다.

학교에서 쫓겨났을망정 고모 집을 떠날 때만 해도 장미는 자기가 학생이 아니라는 생각을 하지 못했고 제 물건을 고모 집에 남겨 둘 이유도 없었다. 교복 차림의 사진이 붙어 있는 학생증. 어느 때보다 빛났던 시간의 증거. 그때라고 상황이 좋을 리 없었지만 그래도 친구들과 똑같은 옷을 입고 어울리고 웃기도 하던 때를 말해 주는 것. 어쩌면 장미는 자기가 아직도 학생이라고 믿고 있었는지도 모른다. 다 괜찮아지면 다시 그렇게 될 수 있을 거라고. 그러나 그 어리석은 미련이 결국 경찰이 불량 청소년을 조사하는 단서가 돼 버리고 말았다.

장미로서는 청소부가 눈감아 주었다는 사실을 강조하는 수밖에 없었다. 그 짓이 배신이나 마찬가지인 줄 빤히 알고 양심에 걸리지만 여기서 나가자면 도리가 없었다. 이름은 대지 않고 청소부라고만 했다. 틀림없이 청소부가 곤란해질 것을 짐작하면서도 그녀가 책임져 주는 선에서 여기를 나가고 싶었다. 안에서 문을 잠그라고 한 것도, 어쩌면 어제 문을 열어 둔 것도 청소부의 배려일지 모른다고 생각했으면서도 뻔뻔하게 그런 주장을 반복했다. 그편이 가장 안전하고 간단하다고 믿었다.

결국 청소부가 불려 왔다. 청소부의 심정은 착잡한 표정에 훤히 드러나 있었다. 괜한 시비에 말려들었다는 듯 청소부는 장미에게 눈길도 주지 않았고 경찰의 질문에 어떤 이의도 제기하지 않았다. 미안하다고만 했다. 일이 이렇게 될 줄 몰랐다고. 순순히 실수를 인정한 청소부는 경찰의 훈계까지 잠자코 듣고는 간단한 서류를 작성한 뒤 건물 관리자와 함께 지구대를 떠났다.

끝까지 자기를 쳐다보지 않는 청소부로 인해 장미는 절망했다. 먼저 배신해 놓고 되레 배신감으로 속이 꼬이다니. 이게 얼마나 낯 두껍고 이기적인 노릇인지 충분히 알면서도 장미는 온기가 좀 있던 벽이 순식간에 주저앉는 듯한 절망감을 견디기가 괴로웠다. 기대도 될 줄 알았던 벽이 착각에서 비롯된 허상이었음을 뼈저리게 깨달아야만 했고 그따위를 함부로 믿어 버린 자신에게 분노했다.

"너, 언제 집 나왔어?"

컴퓨터를 보면서 경찰이 물었다. 밤을 새운 목소리가 까실했다.

장미는 컴퓨터 선이 어지럽게 꼬여 있는 것만 무심코 바라보았다. 처음에 잡혀 올 때는 무서웠는데 시간이 지나니까 여기도 견딜 만했다. 언젠가 뉴스에서 본 게 생각났다. 먹여 주고 재워 주는 교도소에 가려고 일부러 죄를 지었다는 사람. 그때는 미친 짓이라고 생각했는데 이제는 왜 그랬는지 알 것 같다. 여기서 나가는 게 중요할까. 먹을 것도 잘 곳도 기댈 사람도 없는 길거리가 교도소보다 나을 게 뭐람. 씻고 잘 수만 있다면 더 바랄 것도 없다, 지금은.

경찰이 피곤해 죽겠다는 듯 두툼한 손으로 억세게 마른세수를 하고 나서 아까보다 더 가라앉은 소리로 다시 물었다.

"집 나온 지 한 달 넘었어? 그런 것 같은데."

장미는 여전히 입을 떼지 않았다.

"한 달 넘었으면, 빨리 집에 가."

타이르듯 말꼬리가 풀어졌다.

장미는 무심코 경찰을 보았다. 왜 자꾸 한 달을 들먹이는지 궁금해서였다.

"노철무. 아버지 맞지? 이놈아. 아버지 돌아가신 거, 알고나 있어? 한 달 전에 사망신고 됐네. 엄마는 그전에 사망. 아이구, 이놈 이거……."

경찰이 혀를 찰 때 장미는 마른침을 삼켰다.

노철무 사망. 엄마는 그전에 사망.

장미는 경찰을 빤히 보기만 했다. 노철무. 그 소리가 너무 낯설었다. 사망. 분명히 충격이어야 할 그 소리가 아무 감정도 건드리지 못하고 귀에서 맴돌았다. 놀랍지도 슬프지도 않았다. 그저 오한이 일었다. 무섭게 몸이 떨리기만 했다.

그들이 죽었다. 한 달 전까지는 아버지라는 사람이 있었던 거다. 그러니까 세상 어딘가에. 그보다 먼저 엄마가 죽었다는 거다. 서류에 사망신고가 되기 전까지는 사람으로 살아 있었다는 거다. 어딘가에서. 어이없게도.

"애 봐라. 너 지금 웃어?"

장미는 고개를 푸욱 떨구었다. 현기증이 일고 눈이 저절로 감겼다. 둔중한 추에 당겨지듯 수그러든 머리가 아득하고 묵직했다. 엄마 아빠라는 사람들이 정말 그래도 되나. 그렇게 시시하고 가벼워도 되는 걸까. 산다는 게 뭐 이럴까. 참 거지 같다. 뭐 이렇게 허술하고 개떡 같은지.

웃음이 나온 줄 몰랐다. 웃을 생각도 없었다. 괜한 웃음 때문에 진짜 나쁜 애처럼 보일까 봐 장미는 그걸 더 걱정했다. 학생증으로 끌려 나온 사실. 그 작은 쪼가리로 그런 것들까지 알 수 있다는 사실이 놀라웠다. 내내 소지하고 있던 거기에 보이지 않는 끈이 있을 줄이야. 생각해 보면 생년월일이 찍혀 있으니 놀라운 일도 아니었다. 그러나 얼굴도 생각 안 나는 엄마 아빠라는 존재가 그렇게 이어져 있다는 건 참 이상하기만 했다. 하필 사망신고로 확인되는 존재라니.

장미가 지구대를 나왔을 때까지도 청소부는 관리인과 대화 중이었다. 그들 사이에 어떤 말이 오갔는지 몰라도 청소부의 위축된 모습이 아무래도 일하는 데 지장이 생긴 듯했다.

경찰은 장미에게 어떤 처벌도 내리지 않았다. 훈계 몇 마디가 다였다. 여자애가 그런 데서 자면 큰일 난다는 걱정까지 얹어서. 부모의 사망 사실이 한몫 거들었다고 봐야 할 선처였다. 장미는 집으로 가겠다고 약속했다. 굳이 데려다주겠다는 경찰에게 믿음을 주느라 거듭 진지하게 약속했다. 시골까지 경찰과 가지 않으려면, 혹시라도 고모한테 연락이 닿는 걸 막으려면 그래야만 했다.

그나마 고모 연락처까지 나오지 않아서, 야간 근무로 경찰이 피곤해서, 주소가 여전히 할머니와 살던 곳으로 확인돼서 다행이라고 장미는 생각했다. 피곤한 경찰이 선뜻 나서기에는 사실 먼 곳이었다. 학교까지 다녔는데 주소가 부천 고모네로 바뀌지 않은 건 이상했다. 부모 노릇도 몰랐던 그들의 자식으로 묶여 있어서였을까. 어쨌거나 장미는 혼자가 되었다. 사실상 줄곧 혼자였으나 서류에 있던 유령들마저 떨어져 나간 텅 빈 서류에. 오래전 떠난 그 집에. 사람이 살지 않는 거기에 이름만으로.

관리인이 장미를 마뜩찮은 얼굴로 훑어보고 혀를 차며 떠났다. 장미는 오소소 몸을 떨었다. 하찮고 한심한 불량소녀. 관리인의 시선이 그랬다. 장미는 오도카니 서서 청소부를 지켜보았다. 그녀가 어깨가 들릴 만큼 한숨을 몰아쉬고 걸음을 뗐다. 장미는 몇 걸음 뒤에서 그녀를 따라갔다.

그녀는 뒤 한번 돌아보지 않았다. 그래도 장미는 따라갔다. 일정한 거리를 유지한 채. 청소부가 버스를 타서 뒤따라 올라탔고, 횡단보도를 건너서 따라 건넜다. 몇 번이나 장미는 멈추려고 했다. 그만 돌아서야지, 생각했다. 그러나 그렇게 되지 않았다. 노철무 사망. 엄마는 그전에 사망. 경찰의 그 말이 머릿속에서 둥둥 울리고 알 수 없는 감정이 복잡하게 뒤엉켜 뭐가 옳은지 판단하지 못하는 중에도 분명한 감정 하나는 있었다. 미안해요. 그 말을 하고 싶었다.

청소부가 모퉁이를 돌아 안 보이게 되자 장미는 걸음을 좀 빨리했다. 그러다 모퉁이를 돌자마자 딱 버티고 있는 청소부를 마주하고 말았다. 청소부는 장미가 따라오는 줄 알고 있었다. 아마도 버스 안에서였을 것이다. 청소부가 눈치 챘다는 걸 장미도 어느 결에 짐작하고 있었다.

"뭐, 할 말이라도 있니?"

잔뜩 찡그린 얼굴. 싸늘한 말. 순간 서운한 감정이 울컥 치밀어서 장미는 침만 삼켰다. 미안하다고 말하고 싶을 뿐이었다. 어쩌자고 또 이렇게 미련하게 구는지 모르겠으나 아무튼 그 말을 꼭 하고 싶었다.

"너 왜 자꾸, 따라오느냐고."

거추장스러운 걸 잘라 내기라도 할 듯 청소부의 발음은 딱딱했고 따라오지 말라는 경고처럼 모질었다. 장미는 다시 한 번 절망했다. 속이 꼬였고 배신감을 다시 느꼈다.

"그만 따라와. 그만."

청소부가 냉정하게 돌아서는 순간 장미는 더 참지 못했다.

"나, 배고파요. 저기, 그러니까, 배가…… 고프다고요."

청소부의 놀란 눈이 찌그러지는 걸 느끼며 장미는 주저앉았다.

찡그린 청소부 얼굴이 놀라서 일그러졌다.

정말이지 그건 머리에 없던 말이었다. 서 있기가 힘들기는 했다. 뭘 제대로 먹지 못했으니까. 며칠 동안 너무 많은 일을 겪었다. 감당하기 어려운 일들을 연속으로 겪었다. 고모 집을 나왔을 때부터. 아니 사는 동안 내내. 그러나 그것들이 장미를 주저앉힌 건 아니었다. 장미는 그만 주저앉고 싶었다. 어쩌면 뻔뻔하게 터진 말이 염치가 없어서였는지도 몰랐다. 그럴 수만 있다면 장미는 딱 기절해 버리고 싶었다. 머리를 찧어 피가 날 만큼 위태로워지고 싶었다. 온기를 가진 벽 앞에서 보란 듯이.

청소부는 별수 없이 한숨을 쉬며 장미를 엉거주춤 부축해서 가까운 식당으로 갔다. 너무나 간절한 심정이 저지른 짓이었고 성공한 셈이었으나 또다시 미안한 감정이 북받쳐서 장미는 내내 고개를 수그리고 있었다. 그래도 국물이 뽀얀 설렁탕에 밥을 말아서 국물까지 남김없이 먹었다.

속이 비어서 배알도 없었는지, 배가 좀 차니까 비로소 한

심한 자신이 어이없게 느껴졌다. 간교하고 의뭉스러운 꼴이 수치스러워진 것이다. 굴욕스러운 자리에서 버티고자 장미는 먹는 내내 다른 생각으로 도망쳤다. 하티. 하티야. 내일은 괜찮을 거야. 아프지 말고 있어.

그놈의 오지랖은 알아줘야 한다니까. 아우, 됐다 그래. 언니가 뭐 일할 데 없을까 봐. 바쁠 때 와서 여기나 좀 도와줘. 일 같은 거 안 해도 되는 사람이 왜 사서 고생인가 몰라. 그만 좀 털어 버리지. 이런 소리 서운하겠지만, 내가 볼 땐 자학이야. 세월이 얼만데, 언니도 참.

식당 여자가 옆 탁자에서 채소를 다듬으며 늘어놓은 말이다. 그나마도 먹는 데 열중하느라 장미가 겨우 주워들은 소리였다. 청소부가 일을 그만두게 됐다고 한 말에 비하면 여자의 잔소리는 장황하고 위로에 가까웠다. 그런 소리가 오갈 만큼 그들은 제법 아는 사이였고 식당 여자의 수다가 길어지는 만큼 장미는 앉아 있기가 가시방석이었다.

이런저런 소리를 늘어놓은 건 핑계였을 뿐 처음부터 식당 여자의 관심은 장미에게 쏠려 있었다. 언니라고 부를 만큼 잘 아는 여자가 영업도 시작하기 전에 달고 들어온 여자애. 궁금할 만도 했다. 식당 여자가 더 참지 못하고 뭔가 물으려는 찰나에 장미는 일어났다. 빈 그릇에 시선을 처박고 있는데 한계를 느낀 참이기도 했다. 장미가 먼저 밖으로 나갔고 곧이어 청소부가 따라 나왔다.

"이제 가라."

아까보다 한결 부드러운 말투. 여기까지라고 선을 긋는 그 말에도 온기가 섞여 있다는 걸 그녀는 알지 못했다. 청소부의 그런 면이 문제였다. 그녀가 알든 모르든 그런 인성이 장미가 저도 모르게 심적으로 기대는 빌미가 됐던 것이다.

"내일 월급 받아요. 갚을게요."

청소부가 장미를 빤히 보았다. 장미도 빤히 청소부를 보았다. 그런 오기가 어떻게 가능한지 장미 자신도 모를 일이었다.

"차비가 없어서요."

청소부가 입술을 깨물었다. 기가 막혀서 말도 안 나온다는 듯. 장미 역시 입술을 깨물며 시선을 돌렸다. 자기가 생각해도 기가 찰 노릇이었다. 대놓고 삥 뜯는 셈이니. 사과도 모자랄 판에 밥 내놔라 돈 내놔라. 할머니한테나 하던 짓을 하고 있는 것이다. 설명 가능한 이유는 하나뿐이었다. 그렇게 해도 될 것 같은 사람이라.

장미는 백팩에서 학생증을 꺼내 청소부에게 내밀었다. 겪어 보니 자신을 증명하기에 이만한 게 없었다. 청소부가 한숨을 쉬더니 지갑에서 지폐 한 장을 꺼내 주었다. 그것을 받는 장미의 손이 떨렸다. 뜨거운 라면이 되고 전철이 열리고 진주에게 갈 돈이었다. 하티의 가냘픈 울음소리가 들리는 듯했다.

"그건 됐다. 그만 가."

청소부가 먼저 돌아섰다. 그리고 야트막한 언덕배기의 연립주택 쪽으로 갔다.

장미는 청소부가 안 보일 때까지 서 있다가 전철역으로 뛰었다.

지하. 진주가 말하던 곳으로 가야 했다. 걔가 아직도 거기 있을 리 없고, 지하가 보관함 있는 지하도 거기를 두고 한 말이었는지도 알 수 없지만.

전화 배터리도 채워야 했다. 주인처럼 늘 허기진 것. 지금 믿을 것이라고는 그뿐이었다.

진주는 보이지 않았다. 당연했다. 걔가 말한 데가 여기라고 해도 너무 늦어 버렸다. 더구나 걔는 오래 기다리지 않겠다는 소리까지 했었다.

지하도 간이의자에 앉아 배터리를 충전하며 장미는 멍하니 보관함 쪽을 바라보았다. 두툼한 가방을 든 여자애 둘이 그 앞에서 얼쩡거리다가 보관함 하나를 열었는데 아무래도 진주 물건을 두었던 데처럼 보였다.

머리털이 곤두서는 걸 느끼며 장미는 엉거주춤 일어났다. 분명히 진주가 쓰던 사물함이었다. 여자애들이 그걸 쓴다는 건 진주가 자기 물건을 챙겨서 여기를 떠났음을 의미했다. 장미는 재빨리 전화기를 챙겨 그쪽으로 갔다. 그러나 몇 걸음 뒤에서 멈추었다. 행동이나 차림으로 보아 거리의 애들 같았다. 그런 애들과 부딪치는 일은 피해야 했다.

진주가 사라졌다. 아예. 떠나 버렸다.

머릿속이 하얘졌다. 텅 비었다. 아무것도 남지 않았다.

밑바닥에 배터리 눈금이 나타나기도 전에 전화기가 울렸다. 모르는 번호였다. 멍하니 보관함을 쳐다보던 장미는 맥없이 전화기를 들었다. 힘겹기는 전화기도 마찬가지였다. 저쪽에서 제대로 한마디 전하기도 전에 전원이 나가 버린 것이다.

들려온 소리라고는 고작 '야, 너'.

삭제했던 J였다. 어쩌면.

9.

막다르다

장미에게 그런 결론은 예상 밖이었다. 둘은 그다지 어울리는 것 같지 않았고 사랑하는 사이처럼 보이지도 않았다. 심지어 싸우고 나면 그녀가 결근하는 내내 사장은 실장을 없는 사람 취급하지 않았나. 아기까지 낙태한 사람들이었다. 그런데 둘이 결혼을 준비하고 있다는 것이다.

도대체 무슨 착각을 했을까. 쉽게 인정할 수밖에 없었던 건 그놈의 사랑. 지겨워. 장미는 속으로 감정을 짓이겼다. 그게 뭔지도 모르면서 둘 사이를 짐작했다는 것부터가 주제넘었다. 착각이었든 주제넘었든 너무 혼란스러웠다. 뒤통수를 맞는 것 같은 이런 상황. 겪을 만큼 겪어서 더는 순진하지도 않은데 왜 아직도 오답만 찍는 애처럼 상황 파악을 못할까.

그들이 결혼하든 결별하든 장미에게 중요한 건 그 문제가 아니었다. 자기가 그렇다고 믿었던 게 사실은 그렇지 않아서 혼란스럽고 이번에도 멋대로 믿어 버리고 말았던 자신에 대한 불신이 문제였다. 이번 경우는 짐작이 틀렸다고 해도 별문제가 될 일은 아니었으나 장미는 자기 함정에 빠진 듯한 기분을 또 맛보고야 말았다. 아빠는 엄마를 찾아서 돌아올 거라고, 엄마는 돈 벌러 떠난 거라며 어린 손녀의 눈물을 닦아 주던 할머니가 '새끼가 이뻐야 어미 아비가 붙어산다' 소리를 처음 하던 날부터 그랬다. 단짝이라고 믿었던 애가 나쁜 소문의 주범이었을 때도 다 같이 모이기로 한 장소에서 혼자 내내 기다렸을 때도 그랬다. 눈치 없이 뭘 모르는 건 자기가 제대로 생겨먹지 못해서라고. J가 반가워하고 다정하게 웃어 준 게 자기가 아니라 뒤에 있던 세희였다는 걸 끝내 인정하지 못했던 경우도 마찬가지였다.

아무튼 사장과 실장은 어느 때보다 밀접했다. 일하는 모양이나 서로를 대하는 태도가 전과 달라지지 않았어도 장미에게는 비로소 그렇게 보였다. 어쩌면 그렇게 보기로 해서 그래 보였는지도. 이미 가족인 것처럼. 당연한 관계로. 밋밋해 보이는 관계가 사실은 서로 스미어 있기 때문이라고 생각을 고쳐먹어야 하는 상황.

저와 상관없는 일이건만 장미는 패배감을 느꼈고 혼자 따돌려지는 듯한 감정에 사로잡혔다. 고모 식구들이 자기들끼리의 유대감으로 친숙할 때 알아서 빠져나오던 심정과 비슷했다. 그들은 늘 장미가 발 들일 수 없는 자기들만의 테두리를 쳤다. 거기서 누가 물러서고 얼마나 하찮아지는지에 대해서는 무관심했다. 장미는 이번에도 믿고 싶은 대로 믿어 버리는 모자란 감상에 빠졌던 거라고 자신을 낮춰 버렸다. 실장의 낙태 문제도 무슨 근거가 있지는 않았다고, 그들 사이가 나빠지기를 은근히 바랐던 거라고 자책해 버렸다. 자기를 대놓고 무시하는 실장이 싫었고 은근히 미워했다고 말이다. 식구도 직원도 아닌 군식구 보조 주제에 감히.

쓰레기통을 비우며 잔심부름을 하며 커피를 내리면서 장미는 되도록 조용히 보조 업무에 충실했고, 어둠 속으로 물러나는 패배감을 멈추지 못했다. 그럴수록 두 가지는 간절해졌다. 끝내자. 월급 받고.

월급 날짜는 어제였다. 그런데 아침에라도 해결될 줄 알았던 이 중요한 일이 아예 언급도 안 되고 있다. 월급 받으면 그 길로 나갈 참이었다.

"아, 참. 막내 너, 재원이 물건 가져간 거 있냐? 걔가 뭘 찾더라. 혹시 네가 갖고 있나 물어본다고 해서 번호 알려 줬는데."

신경이 곤두섰다. 몹시 거슬리는 소리였다. 의심과 무시. 묻고 있지만 그럴지도 모른다고 이미 단정해 버린 듯한 말투며 남의 번호를 자기 마음대로 알려 줬다는 데에 장미는 신경이 긁혀 버렸다.

"아뇨."

장미는 어금니를 깨물며 사장을 똑바로 쳐다보았다. 왜 그런 소리를 하는지 대번에 감이 잡혔다. 어제 뚝 끊겼던 J의 전화. 번호를 알려 준 적 없어서 잘못 들은 줄 알았는데.

"그날 짐 정리하다가 뒤섞였을지도 모르잖아. 좀 찾아봐. 뭔지 몰라도 중요한 거라던데."

목구멍으로 뜨거운 덩어리가 기어올랐다.

그날. 시설을 특별 방문하던 날, 짐이 좀 있었으나 뭐가 뒤섞일 일 따위는 없었다. 짐을 챙겨야 했던 사람은 음식을 가져온 회원들이었고 그들은 짐 정리마저 알아서 했다. 걔들 물건이라고는 달랑 카메라 가방뿐이었다. 그나마 몸에서 떼지도 않았다. 그밖에 뭐가 있었다고 해도 맹세코 장미는 건드린 적 없고 관심도 없었다. 전화번호를 알아내려고 재원이 수를 쓴 것이다. 그 뒤에는 J가 있고. J 때문에라도 더는 망설이지 말아야 했다.

"너 저번에도 메모리 카드……."

실수를 주지시키려던 사장이 말을 끊었다. 마침 손님이 출입문을 열고 들어왔기 때문이다.

보정 작업 중이던 오 선생이 컴퓨터 모니터 너머로 장미를 흘깃 쳐다보았다. 의심하는 듯한 시선. 장미는 기분이 더러워졌다. 억울했다. 아무래도 끝이 좋지 않을 것 같다. 모처럼 찜질방에서 자고 깨끗하게 씻고 왔는데. 잘 끝내고 싶어서.

엄마와 딸처럼 보이는 손님이었다. 둘은 판박이처럼 닮았고 고생이라고는 모르는 사람들처럼 매끈했다. 딸의 여권을 만들어야 한다며 엄마가 묻지도 않은 말을 늘어놓는 바람에 실장은 웨딩 브로셔를 내려놓고 접대용 맞장구를 쳐 주었다. 어머나. 영국 유학 가는구나. 거기는 돈이 엄청 들 텐데. 이쁜 애가 공부도 잘하나 봐. 좋으시겠어요. 따님 핑계 삼아서 영국 여행도 막 가실 거잖아.

장미는 자스민 차와 주스를 가져다주었다. 딸은 주스를 거들떠보지도 않고 발딱 일어나 거울 쪽으로 가서 제 모습을 살폈다. 자신감에 용수철이라도 달린 듯 탄력이 넘치는 태도. 까맣고 윤기 나는 머리채가 눈앞에서 출렁일 때 장미는 저절로 외면하게 됐다. 현기증이 일었다. 걔 엄마는 자스민 차 대신 장미를 보았다. 아유, 어려운 애들은 저렇게 생활력 강한데, 우리 애는 언제 철드나 몰라. 고생이라고는 해 보질 않았으니 타지 생활을 견디기나 할지.

일부러 감정 건드리자는 심사가 아닌 건 분명했다. 그저 칭찬이라고 해도 될 말이었으나 안 그래도 감정이 상해 있던 장미에게 그 소리는 하대처럼 느껴졌고 시비나 마찬가지였다. 표정을 감추려고 얼른 돌아섰건만 여자애의 말끔한 모습까지 안 볼 수는 없었다.

장미 또래였다. 온몸에서 사랑받는 티가 나는 애. 피부도 옷차림도 표정도 깨끗한 애. 특히 까맣고 반질한 머릿결이 어찌나 눈부신지.

장미는 가슴에서 뚝 소리가 나는 걸 느꼈다. 겨우 붙어 있던 무엇이 부러지는 듯한 충격에 장미는 제 가슴을 가만히 눌렀다. 저에게는 단 한 번도 그런 모습이 없었다는 걸 깨닫는 순간 속을 긁으며 울음이 끓어오른 것이다. 눈알이 뜨거워지고 가슴이 너무 아파서 어디로든 피해야만 했다. 상대적

으로 초라해지는 감정 따위 그동안 수도 없이 겪어서 적당
히 외면하고 무시해 버릴 만큼 내성이 생겼건만 이번에는 제
대로 걸려 버렸다. 터진 솔기가 고약한 고리에 덜컥 걸리듯.

장미는 황급히 베이비 스튜디오 구석으로 가서 아프게 비
틀리고 있는 가슴을 누르며 파르르 심호흡했다. 그러나 비어
져 나오는 울음을 막을 수 없었다. 고작 그깟 일로 눈물이
나오는 게 어이가 없어서 웃어 보려 했으나 소용없었다. 뭐
가 이렇게 속상한지 뭐 때문에 슬픈지 알지도 못한 채 장미
는 소리 죽여 울었고 머리카락을 움켜쥐었다. 비로소 분명해
졌다. 여기 더는 못 있어.

여권 사진을 가지고 모녀가 떠났다.

장미는 더 망설이지 않았다.

"어제가 제 월급날이었는데요."

실장이 살짝 찡그리며 장미를 쳐다보았다. 그 표정이 재원
이 탓인 것만 같아서 장미는 속이 뒤틀렸다. 뭐가 없어졌다
고 했다던 그 자식 때문에 사람을 저렇게 쳐다보는 거라고.
뭐, 아무래도 좋았다. 돈 받고 나가면 그만이다.

"일 끝나고."

실장이 브로셔를 넘기며 중얼거렸다.

"지금요. 집에 가려구요. 아버지 돌아가셔서."

아버지 돌아가셔서 소리가 머릿속에서 휘청하는 듯했다. 솜털까지 따갑게 죄다 일어나는 불쾌감. 실장이 제대로 찡 그리며 장미를 쳐다보았다. 갖다 붙인 말인지 확인하고 싶은 표정이었다. 그건 거짓말이기도 하고 아니기도 했다. 뭐가 됐든 장미가 할 수 있는 최선이었다. 침묵이 감돌았고 갑자기 오한이 일어 장미는 진저리를 쳤다. 사장과 오 선생의 시선이 뒤통수에서 느껴졌다.

"지금, 부천에 가겠다고?"

장미는 고개를 저었다.

"아뇨. 양주요."

거짓말이 장미를 아주 빼딱하게 붙잡아 주었다. 오기와 반항심으로 뭉쳐져 장미는 실장을 빤히 마주 보았다. 뭐에 기가 눌렸는지 실장이 도움을 청하듯 사장을 보았다. 먼저 말을 꺼낸 사람은 오 선생이었다.

"그래서 아까 그렇게 울었던 거야? 너도 참……."

베이비 스튜디오 구석에서 울던 꼴을 오 선생이 봤던 모양이다. 잘못 짚은 그 말에 단단히 무장됐던 몸이 맥없이 풀려 버렸다. 걷잡을 수 없이 몸이 떨리고 눈물까지 차올랐다. 오 선생의 동정 때문인지 거짓말이 양심에 걸렸는지 모를 일이었다. 어쩌면 이제 와서 정말로 아버지의 죽음이 슬펐는지도.

사진관을 나와서 장미는 내처 걸었다. 뒤에 남은 것들에 눈곱만큼의 미련도 없이 다 버리고 가는 심정으로. 가슴이 어찌나 벌렁거리는지 진정하느라 정류장을 둘이나 지나쳤다. 머리카락이 진땀으로 들러붙는 줄도 모르고 잰걸음으로 흡사 도망치듯 횡단보도를 건너고 모퉁이를 돌았다. 그리고 지하도 계단을 뛰어 내려가서 문 닫히기 직전의 전철에 몸을 실었다. 차창에 어른거리는 제 얼굴을 마주하고 나서야 장미는 가쁜 숨을 다스렸다.

모르는 번호로 전화가 왔다. 끝 번호가 익숙한 게 문득 J 같다는 생각이 들어서 받지 않았더니 곧이어 문자가 떴다. 역시 J.

ㅡ좀 보자.

가슴이 덜컥 내려앉아 장미는 주변을 경계하며 둘러보았다. 단 세 글자가 마치 J가 근처에 있는 것처럼 위협적으로 느껴지는 것이다. 곧바로 번호를 차단했다. 다시는 여기로 오지 않을 거라는 생각이 더 확실해졌다. 더는 마주치는 일 따위 없을 것이다.

두 개의 봉투. 손 타기 쉬운 백팩을 믿을 수 없어서 그걸 양쪽 주머니에 나누어 넣었다. 허벅지에 뿌듯하게 닿은 돈의 감각이 장미를 들뜨게 만들었다. 봉투에 얼마가 들었는지 미처 확인하지 못했다. 하나는 두툼하고 하나는 납작하다. 하나는 월급. 하나는 아빠 조의금. 그만두는 마당에 이것까지 받았다. 상상도 못했는데. 사실 두 개의 봉투를 보는 순간 그만둔다는 소리를 까먹고 말았다.

오 선생이 내민 봉투에 사장이 머뭇거리다 얼마를 보탰다. 아버지의 죽음이 남긴 것. 용돈 한 번도 준 적 없는 사람의 처음이자 마지막 의미. 얄팍한 봉투만큼의 삶 혹은 죽음의 환산. 아버지 사망도 사실이고 잘못하지도 않았건만 장미는 떨리는 손으로 그걸 받았고 죄의식을 느꼈다. 머리는 더 명료해졌다. 더는 여기에 못 와. 사진관 번호도 차단했다.

이건 아니다. 쓸데없는 짓이다. 당장 내려야 한다고 생각하면서도 장미는 결국 부천으로 갔다. 딱히 이유가 있지는 않았다. 아니, 이유야 충분했다. 마침 혹은 하필이면 부천으로 가는 전철을 탄 것이다. 아빠가 죽었다. 엄마도 죽었다고 했다. 고모를 만나야 할 일이 아닌가. 고모가 싫어해도 집이라고 할 데는 거기뿐이고 집에 돌아가겠다고 경찰하고 약속도 했다. 계단 밑 공간에서 간절히 떠올랐던 곳이기도 하다. 물론 지금은 아니지만. 어차피 진주도 이모도 전화를 받지 않아 딱히 할 일도 없었다. 무엇보다 전철은 시원하고 온종일 타도 될 만큼 주머니가 두둑하다.

어쩌자고 무거운 수박을 샀는지. 머리가 고작 이렇게밖에 안 움직이는 자신이 너무 한심해서 장미는 어금니를 몇 번이나 짓이겼다. 빈손으로 가기가 뭣해 고른다고 고른 게 하필 돌덩이처럼 무거운 것. 뙤약볕을 피할 수도 없고 수월하게 들기도 어려운 것을 차마 못 버리고 들고 가면서 장미는 미련하고 모자란 자신을 수도 없이 나무라고 욕했다. 수박 나누어 먹던 기억이 뭐 대단하다고. 할머니가 이 대신 잇몸으로 으깨 먹던 건 그립지도 아름다운 장면도 아니건만. 누가 반가워할 거라고. 식구도 아니면서. 자책으로 이를 앙다물어도 마음 한쪽에는 분명한 게 하나 있었다. 이건 아빠 거야. 젠장.

아무도 없는지 초인종에 반응이 없었다. 두세 번 눌러보다가 장미는 문 앞에 수박을 놓고 돌아섰다. 여기까지야. 그게 툭 목구멍에 걸렸다. 뜻밖에도 홀가분했다. 사촌이라도 만났으면 아주 어색했을 거라고 수긍하면서 장미는 계단참에서 고모네 현관문을 한번 돌아보았다. 긁혀서 녹슨 자국도 그대로, 반쯤 찢겨서 딱 달라붙은 광고 스티커도 그대로인 게 참 초라해 보였다. 미련 같은 거 남겨 두지 않아도 될 만큼.

가끔은 꼭 그럴 것 같던 일이 벌어진다.

아파트를 나와 횡단보도에서 신호를 기다릴 때 그랬다. 만약 저기 건너편에 고모가 서 있다면. 그런 생각을 했는데 정말로 거기에 고모가 서 있는 것이다. 고모도 장미를 보았고, 고모가 그 자리에 그냥 서 있는 바람에 장미는 건너갈까 말까 잠시 망설였다.

고모는 잠자코 장미를 살피기만 했다. 길을 걷다가도 빵집에 앉아서도 과일 주스가 나오는 동안에도. 장미는 일부러 고개를 돌린 채 길거리의 행인들만 쳐다보았다. 이상하게 속이 꼬이고 있는 걸 들키기 싫었다. 고모랑 여기서 손님처럼 이렇게 앉아 있는 것도 욕지기가 나올 만큼 싫었다.

"어떻게 한 거니? 그때 너……."

장미는 뒷맛 씁쓸한 주스를 조금 마시다가 손이 떨리는 게 꼴사납게 느껴져 얼른 유리잔을 내려놓았다. 손톱은 부러졌고 거스러미가 볼썽사나웠다. 언제 베였는지 모를 손가락 상처 부위가 검붉게 벌어져 있었다. 차가운 유리잔에 손가락 모양이 남았다가 물기로 맺혔다. 고모가 궁금한 건 그거였다. 임신. 애를 어떻게 했는지. 여전히 책망하는 듯한 고모 얼굴을 장미는 차마 똑바로 보지 못했다. 아빠 사망신고나 엄마 죽음이 고모한테도 별일 아닌 모양이었다. 집이 아니라 동네 빵집으로 데려갈 정도로 반갑지 않은 조카.

"처신을 똑바로 했으면……."

고모가 말을 자르고 혀를 차더니 주스를 마셨다. 장미는 슬그머니 고모를 쳐다보았다. 엄마 아빠 이야기를 좀 해 주면 좋겠다 싶었다. 어차피 죽은 사람들이지만 그래도 무슨 말이든 들어야 할 것 같았다. 당연히 고모도 그럴 것이고.

작정한 듯 고모가 유리잔을 내려놓고 장미를 똑바로 보았다.

"너, 괜히 이상한 데 들락거리고 그러지 마라."

"아빠 죽었다면서요."

고모가 가벼운 한숨처럼 대꾸했다.

"뭐, 그랬다더라. 그렇게 살다 죽을 인간이었지 뭐."

장미는 고개를 숙인 채 탁자 밑의 손만 꼼지락거렸다. 거스러미를 신경질적으로 뜯었더니 살갗이 쭉 찢어지고 피가 맺혔다. 쓰라리다. 그렇게 살다 죽을 인간, 이라는 게 정해져 있나. 그런 소리를 위로랍시고 하지는 않았을 것이다. 속상해서 홧김에 내뱉은 소리 같지도 않았다. 여전히 고모는 그냥 그런 사람이었다. 생각한 대로 말하고 남의 입장 따위는 안중에도 없고 중요하지도 않은 사람. 할머니를 찾아와도 꼭 자기가 속상했던 일들만 끄집어내서 기어이 싸우다가 떠나던 사람.

"지 인생 저 하기 달렸지."

쌉쌀한 자몽주스는 반이나 남았고 손가락 모양 뭉그러진 유리잔에서는 차가운 눈물이 흘렀다.

장미는 일어났다. 고모 얼굴이 묻는 것 같아서 대답해 주었다. 화장실.

햇살이 너무 뜨거웠고 가로수 이파리들은 더운 바람조차 일으키지 못했다. 장미는 냉방 중인 상점들을 하나씩 지났다. 문이 열릴 때마다 시원한 공기가 조금씩 뿜어지는 거기와 장미의 세계는 경계가 분명했다. 뜨거운 거리를 장미는 천천히 걸었고 어쩌면 뒤에서 고모가 보고 있을지도 모른다고 생각했다. 절대로 자기를 불러 세우지도 따라오지도 않을 거라는 사실도 알았다.

전철역으로 가면서 장미는 몇 번쯤 뒤를 돌아보곤 했다. 고모한테 미련이 남아서가 아니었다. 왠지 뒤에 뭐가 있는 것 같은 기분이라. 어쩌면 다시는 돌아오지 않을 거라는 생각에 미련이라도 붙어 있는 것인지. 더위 탓인지도 몰랐다. 뭔가 찐득하게 달라붙은 불결한 느낌 때문에 도착하면 찜질방부터 가야겠다고 생각했다.

도착이라니. 픽. 웃음이 나왔다. 물건 몇 개 넣어 둔 지하도 보관함이 집도 아닌데. 겨우 그런 것들도 돌아가야 할 이유가 된다. 우울하기 짝이 없어도 사실이었다. 양쪽 주머니 속 봉투 두 개와 백팩 그리고 지하도 보관함의 물건 몇 가지가 지금 장미의 전부였다. 그리고 어딘가의 하티. 하티를 떠올리자 배꼽이 또 아프게 반응했다. 어디 있는지 몰라도 하티는 아직 배꼽에 붙어 있는 현실이고 장미 것이었다.

전화기에는 여전히 이모의 흔적이 없었다. 진주도 마찬가지.

장미는 다시 메시지를 남겼다.

—이모님. 하티 보살펴 주셔서 감사합니다. 수고비 드리고 싶어요. 주소 좀 알려 주세요. 부탁해요.

최대한 공손하게 기분 상하지 않도록. 자신을 가엾게 여겨 제발 연락해 주기를 바라며 간절하게. 진주에게도 몇 마디 적었다.

—지금 어디? 월급 받았어. 알바 쫑. 만나자.

마침표를 찍으며 장미는 어금니를 질끈 물었다.

같이 지낼 때 어느 순간부터 진주가 좀 이상하다는 생각이 들긴 했다. 뭔가 숨기는 듯했고 무슨 짓을 벌이고 있다는 낌새도 좀 있었다. 의심은 나쁘고 미안한 일이라 마음에 담아 두지 않았을 뿐인데 이제야 그걸 허투루 넘기지 말았어야 한다는 생각이 든다. 걔를 믿지 말았어야 했다. 원래 속을 알 수 없는 애였고 나쁜 짓도 심심찮게 한다는 걸 알면서도 그건 다른 사람들과의 문제일 뿐 식구 같은 저와는 상관없다고 믿었으니 너무 어리석었다. 이번에도 결국 믿고 싶은 대로 믿어 버려서 이 꼬락서니가 된 셈이다.

지하도 근처의 편의점 유리창에 붙은 구인 광고가 눈에 띄었다. 야간 근무자를 구하는 광고였다. 그 시간이라면 남자를 선호할지도 모르지만 물어볼 수 있는 일이었다. 그놈의 근로 계약서나 부모 동의서가 문제지만 그런 거 없이 채용이 된다면 정당하게 밤을 보낼 수 있는 곳이다.

편의점으로 막 들어가는데 전화기에 문자가 떴다. 은행 계좌번호였다.

-여기로 보내.

신경이 바짝 곤두섰다. 장미는 반사적으로 통화 버튼을

눌렀다. 뜻밖에도 이모가 전화를 받았다. 당황한 나머지 장미가 두서없이 말을 늘어놓자 약간 허스키한 목소리로 저쪽에서 말을 잘랐다.

"도와준다니 고마운데, 자꾸 연락하는 건 곤란해. 바쁜 데라서 말야. 골치 아프게. 당사자는 가만있는데 친구가 왜 이래."

툭.

끊겼다. 더 이상 통화가 되지 않았다.

골치 아프게. 그 말이 목구멍에 턱 걸렸다. 가슴이 긁히듯 쓰라리고 혼란스러워서 장미는 탁자를 꼭 붙잡았다. 라면을 먹던 애들이 장미를 흘깃 보고 저희끼리 눈빛을 교환했다. 장미는 탁자 옆에 설치된 현금인출기를 쏘아보았다.

돈만 보내라는 거다. 장미가 연락을 시도한 건 돈 때문이 아니었다. 적어도 하티가 어디 있는지는 알아야 할 것 같아서였다. 정말이지 그저 알고 싶어서. 지금은 데려올 수도 없고 뭘 어쩌겠다는 생각도 없었다.

게다가 말이 좀 이상했다. 골치 아프게. 진주가 귀찮게 하지 말라는 소리를 하기는 했다. 하지만 그 말은 아무래도 거슬렸다. 당사자는 가만있는데, 친구가 왜 이래. 이게 도대체 무슨 뜻일까. 당사자란 진주를 두고 하는 소리 같았다. 그렇다면 친구는 바로 장미였다. 당사자. 친구. 무엇의 당사자이고 친구라는 소리일까. 그게 하티의 당사자를 의미한다면 이건 분명히 잘못됐다. 문제가 생겼다. 어떻게 하티의 당사자가 진주란 말인가.

그때였다. 누가 어깨를 꽉 쥐는 바람에 장미는 비명을 지를 뻔했다. 상대를 보기도 전에 장미는 알아차렸다. 온몸이 경직되고 소름이 돋았다. 그렇게 가는 손가락으로 아프게 할 수 있는 사람은 유일하다.

"너 지인짜 바쁘다. 사람을 아주 질리게 하네 그냥."

J가 두 손을 들면서 장난스럽게 웃었다.

장미는 입술을 깨문 채 외면했다. 설마. 뭐가 들러붙기라도 한 것처럼 뒤가 껄끄러웠던 게 애 때문이었을까. 그랬나 보다. 집요한 미행. 아무래도 사진관에서부터였던 것 같다. 그랬을 것이다. 이렇게 넓고 사람들로 넘쳐나는 도시에서 우연히 만나기란 불가능하다. 가르쳐 준 적도 없는 고모네를 찾아냈던 애다. 말한 적 없어도 장미의 처지를 훤히 꿰고서 저 필요할 때마다 불러냈던 애. 한밤중이든 새벽이든.

믿을 수 없을 만큼 여전히 그의 웃는 표정은 환했다. 옆에

180   엑시트

서 라면 먹던 애들이 훔쳐보며 저희끼리 미소를 주고받을 만
큼 J는 번듯하고 그럴싸해 보였다. 걔들은 흘긋 보고 말았던
장미를 다시 쳐다보기까지 했다. '이런 애가 어떻게 저런 애
를?' 하는 것 같은 표정. J의 인상은 누구라도 혹할 만했다.
깨끗한 피부와 반듯한 이목구비에 사람을 끄는 미소까지. 장
미를 사로잡았던 그 외모는 여전히 판단력을 흐리거나 굴욕
마저 잊게 만드는 재주가 있었다.

"하여튼 둔해. 그게 너지."

J가 아이스크림을 두 개 꺼내 와 빈자리에 앉더니 맞은
편 자리에 하나를 탁 소리가 나게 놓았다. 거기 앉으라는 뜻
이다. 그게 상대를 압도하는 매력으로 비쳐졌는지 옆에 있던
애들 얼굴에 부러워하는 표정이 서렸다. 여자 친구를 대하는
듯한 이런 태도는 사실 전에 없던 거였다. 그 바람에 장미의
경계심이 무뎌졌다. 야간 일자리를 구하러 들어온 처지도 잊
었고 별 볼일 없는 애 보듯 하던 여자애들에게 본때를 보여
준 것 같은 기분마저 느끼고 말았다.

단지 그 때문만은 아니었다. 장미를 무장해제 시킨 원인은
그보다 간절했다. J와 하티. 둘은 무관하지 않다. 어떻게 해
야 할지 막막한 지금 J가 뭐든 도와줄 수 있다면. 그래 주기

만 한다면. 이모가 일부러 피하고 있다면 낯선 J 번호로 통화를 더 해 볼 수도 있다. J는 그래야만 한다. 애초에 이 상황을 만든 장본인 아닌가. J는 하티의 존재를 모른다. 솔직하게 말하지 않은 건 자기 잘못일지 모른다고 장미는 생각했다.

장미는 잠자코 J의 맞은편에 앉았고 아이스크림을 먹었다. 아이스크림은 너무 작아서 작은 숟가락질 몇 번 만에 바닥을 드러냈다. 너무 달콤한 데다가 배가 고프기도 했다. 다 먹고 나서야 장미는 눈치 없이 먹기만 했다는 생각이 들어서 창피해졌다. 그래서 J를 보지 못했고 섣불리 하티를 입에 올리지도 못했다.

편의점을 나올 때까지도 J는 마치 탐색하듯 장미를 살피기만 했다. 한 번도 똑바로 보지 않았지만 장미는 J가 무엇을 원하는지 이미 짐작하고 있었다. 그래서 비참하고 슬펐다. 진작 돌아섰어야 했건만 아이스크림을 넙죽 받아먹은 자신이 너무 한심했다. 때를 놓쳤다는 후회와 동시에 지금 옆에는 J뿐이라는 간절함이 장미를 혼란에 빠뜨렸고 매달리고 싶게 만들었다.

J가 먼저 버스를 탔다. 왜 타는지 묻지도 않고 장미는 뒤따라 버스에 올랐다. 머리와 몸이 따로 움직이는 것 같은 혼

란이었다. 잠자코 따라가는 게 싫고 멍청하다 싶으면서도 냉큼 내리지 못하는 미련. 이유는 하나뿐이었다. 하티.

왠지 익숙하다 싶은 길이었다. 청소부를 따라가던 길. 그때는 무심코 봤던 길이 몇몇 건물들과 현수막 때문에 오롯이 되살아났다. 교차로에서 길이 달라졌으나 청소부가 생각날 수밖에 없는 상황이었다. 고작 어제 일이 아득하게 느껴졌다. 돈을 갚겠다고 했는데. 별안간 청소부가 했던 말이 떠올랐다.

안에서 잠그는 게 좋을 거다.

그건 경고였다.

"다음에 내려."

몸을 살짝 기울여 마치 속삭이듯 J가 말했다. 장미는 흠칫 떨었다. J의 입 냄새가 역겨워서 소름이 돋았다. 가면 안 돼. 도망쳐야 해. 아프다. 너무 아프다. 속에서 온갖 아우성이 장미를 뒤흔들었다.

밖은 이미 어두워져 있었다. 어둠. 어둠 속. 가로등 불빛과 상가 불빛이 대낮처럼 환해도 저기에는 어둠이 있다. 모퉁이만 돌면. 건물 틈 사이. 사람들이 버려둔 곳. 더럽고 위험한 곳. 안에서 잠그는 게 좋을 거다. 왜 갑자기 그 말이 떠올랐을까. 장미는 꼼짝도 않고 차창 밖을 쏘듯이 바라보기만 했다. 에어컨 바람은 추웠고 손바닥은 땀이 차서 미끈거렸다.

J는 버스가 정차하자마자 내렸지만 장미는 그대로 있었다. 어서 버스 문이 닫히기를 바랐건만 J가 빨랐다. 장미가 뒤따라오지 않은 걸 알고 J가 다시 올라탄 것이다. 그 틈에 버스에서 뛰어내릴 만큼 장미는 민첩하지 못했다.

장미의 귓불에 대고 J가 감정을 짓이기듯 말했다.

"너, 뭐냐?"

장미한테나 들릴 정도의 속삭임이었으나 아주 위협적이었고 당연히 폭력이 내재돼 있었다. 장미는 절망했다. 머릿속이 무너지는 듯했다. 또 실수를 했다. 도대체 뭘 기대했단 말인가. 그러나 도망치기에는 너무 늦었다. 결국 이렇게 만든 사람이 다른 누구도 아닌 저 자신이라는 사실에 장미는 치를 떨었다.

버스가 다음 정류장에서 정차할 기미를 보이자 J의 손이 장미의 팔을 움켜쥐었다. 뜨거운 손. 그의 분노를 짐작케 하는 힘이 느껴졌다. 장미는 그렇게 끌려 내려졌다. 자기가 내려야 할 곳을 지나쳐 버렸다는 분노가 J 얼굴에 고스란히 드러났다. 숨어 있던 본색. J는 성질을 이기지 못하고 쓰레기통을 걷어찼다. 옆에서 누가 보든 말든 신경도 쓰지 않았다. 늦은 시간에다 익명성이 그걸 덮어 주었다. 몸뚱이에 각인된 공포가 고스란히 되살아날 수밖에 없었고 오갈 데 없다는 사실마저 장미를 도망칠 궁리조차 못하게 만들었다. 이러도록 빌미를 준 자기 탓이 더 크다는 생각이 가장 큰 원인이었다.

어둡고 낯선 거리에서 장미는 거부하다 끌려가기를 반복했다. 몇몇 행인이 흘끔거렸으나 문란한 청소년들을 쳐다보는 차가운 시선에 불과했고 그나마도 이내 거두어졌다. 장미의 상황쯤 타인에게는 그저 거리를 두어야 할 어둠의 찌꺼기 같은 거였다. J는 시궁쥐처럼 좀 더 어두운 곳, 좁고 더러운 곳을 찾아들었다. 간혹 주먹을 쥐고 버티는 장미의 저항 따위가 통할 상대가 아니었다. 이미 J는 장미를 너무 잘 알고 있었다. 그에게 장미는 더러운 곳으로 끌고 가도 되는 애. 얼마든지 함부로 망칠 수 있는 애였다. 장미는 얼굴도 생각 안나는 엄마를 속으로 부르고 또 불렀다.

재래시장 뒤 켠. 중앙 라인만 시장 기능을 유지하는 곳이라 뒤쪽의 폐쇄된 상점 골목은 상자를 대강 쌓아 두는 거대한 창고나 다름없었다. 희미한 불빛조차 없었다.

이런 데를 훤히 알고 있다는 게 바로 J의 속성이었다. 어둠

속으로 숨어들 때부터 J의 숨소리가 거칠어졌고 절망적으로
버티는 순간 장미는 내동댕이쳐졌다. J는 조금도 달라지지
않았다. 여전히 잔인했다.

아니, 전보다 더 사납고 강했다. 자기가 내려야 할 곳에서
내리지 못한 분풀이부터 시작됐다. 거기에 며칠 전 장미가
벤 옆에서 이죽거리는 바람에 생긴 분노까지 실려 있었다. 비
명 지르지 못하게 입까지 막는 J의 손에서 벗어나고자 장미
는 몸부림쳤다. 가차 없이 주먹이 날아들었다. 피하려 고개
를 돌리는 순간 주먹이 귀를 찍었다. 머리가 깨지는 듯한 엄
청난 충격으로 장미는 무기력해졌고 속에서 뭔가 터졌다는
걸 감지한 순간 반항을 포기했다. 그저 J의 머리카락을 움켜
쥐었을 뿐. 버르적거리다 머리카락을 움켜쥐던 하티. 그렇게
작은데도 손아귀 힘이 만만치 않던 개가 소름 끼치게 떠올
랐다. 그 징그러운 게 도대체 왜 생겼을까. 이렇게 끔찍한 폭
력의 증거. 그런 건 생기지 말았어야 했다. 그랬다면 이런 짓
을 또 당하지 않을걸.

모든 분노를 소모하고 J가 떨어져 나갔다. 위태롭게 기울
어진 천장을 노려보며 장미는 부들부들 떨었다. 차갑게 말라
버린 이빨이 쉴 새 없이 부딪혔다. J가 옷자락을 털며 일어날

때 장미는 간신히 그를 붙들었다. 짓눌리고 깨진 몸이 너무나 아프고 치욕스러웠지만 그가 이대로 떠나게 할 수는 없었다. 그러나 한편으로는 이렇게 매달리는 자신이 끔찍하게 싫었다. 하티가 뭐라고. 소중한 적도 사랑스럽다고 느껴 본 적도 없는 애. 이제 어디 있는지도 모르는 그런 애를 왜 버리지 못할까. 그럼에도 불구하고 장미의 손은 완강했다.

J가 몸을 수그리더니 경고했다.

"부르면 바로바로 나와라."

갑자기 J가 장미의 주머니에 손을 집어넣었다. 거기서 느껴지던 두툼한 무엇이 계속 궁금했던 것이다. 한쪽 다리가 벗겨진 바지는 주머니가 헐렁했고 그의 손은 쉽게 봉투를 꺼내 버렸다. 장미가 필사적으로 매달렸으나 그걸 뺏길 J가 아니었다.

"제발, 안 돼. 하티 찾을 거란 말야."

"하티?"

"그때 나 임신했어. 하티가 걔야. 그러니까 도와줘."

J가 멈칫했다. 얼굴이 비틀렸다. 교묘하고도 용케 감춰져 있던 잔인성이 고스란히 드러난 얼굴을 장미는 절망적으로 마주했다.

"아우, 이게!"

그가 주먹을 쳐들었다. 부정이 뭔지 확실하게 보여 주겠다는 듯. 그러나 곧 주먹을 풀고 일어났다. 어두웠지만 그가 빨리 여기를 벗어나려고 한다는 걸 장미는 본능적으로 알아챘다. 장미는 간절했다. 도와주기만 한다면 그가 무슨 짓을 하든 감당할 수 있을 것 같았다. 그런 심정이 여기까지 오게 만들었다.

"부탁이야."

"미쳤나. 아, 재수 없어."

바람 빠지는 듯한 웃음소리가 어둠 속으로 퍼졌다.

"됐다. 당장 번호나 지워."

하얀 이빨이, 흰자위가 번뜩이는 걸 장미는 멍하니 바라보았다. 더러운 것을 떼어 내듯 옷자락을 털며 J가 떠나는 게 실루엣처럼 흔들렸다. 어둠 속에서도 그의 옷자락에서 털린 먼지가 유영하는 게 보였다. 불순하고 하찮은 것. 털어 버려야 하는 것. 절대로 같이 갈 수 없는 것. 그게 장미의 머릿속으로 하얗게 떨어져 내렸다.

장미는 울지 않았다. 그저 무너진 상자 더미 속에서 정신이 흐려졌고 아픈 데서 피가 흐르는 걸 느꼈을 뿐이다. 이대

로 모든 게 다 끝나 버렸으면. 너무 아프다. 죽을 때 아프지
않기를 바랐는데.

가까운 데서 응급차가 길게 비명 지르며 달려가는 소리가
들려왔다. 아니, 비명은 장미의 고막이 내고 있었다. 갈라진
머릿속 깊은 데로 흘러드는 듯한 피의 감각. 아프다. 아프다.
너무 아파서 이대로는 죽지도 못하겠다.

월급봉투.

그것마저 훔쳐 간 놈. 장미는 눈을 떴고 뜯어질 것 같은
몸을 일으켰다. 그게 어떤 돈인지 알지도 못하는 놈에게 봉
투째 털렸다는 사실이 분하고 억울했다.

장미는 주먹을 쥔 채 거기를 나왔고 어두운 거리를 걷고
또 걷다가 택시를 세웠다. 다른 주머니의 얇은 봉투. 잔인한
손도 알아차리지 못할 만큼 아빠의 죽음은 너무 얄팍했다.

10.

아무것도

잠이 깼어도 장미는 자는 척했다. 어차피 그럴 수밖에 없었다. 눈 뜨려고 하면 얼굴이 욱신거려서 가만있는 편이 신상에 나았고 그러다 보면 다행히 다시 잠 속으로 빠져들었다. 밤낮도 시간 개념도 무너진 상태.

잘 수 있어서 다행이다. 이렇게 척추를 반듯하게 펼 수 있는 건 기적이지. 장미는 그 생각만 했다. 이따금씩 칼에 베인 듯한 감각이 살아났지만 대부분은 통증에 무감각했고 자고 또 잘 수 있다는 사실만으로도 충분했다. 너무 오랫동안 잠에 굶주렸다. 진통제 덕분이겠지만 지금은 이거면 됐다고 장미는 단순하게 받아들였다. 얼굴에 뭐가 덮인 듯 불편하고 모기가 윙윙대는 듯한 소리가 귀에서 맴돌았을 뿐. 장미는 이대로 도망치고 싶었다. 수치스러운 모든 것으로부터.

청소부가 간호사를 따라 나갔다. 그들은 장미 머리맡에서 어제 여자 경찰이 말한 그룹홈에 대해서 몇 마디 말을 나눴다. 퇴원 후 거취 문제. 그들은 장미가 잠든 줄 알았는지 목소리를 낮추거나 조심하지 않았다. 사실은 감출 일도 아니었다. 장미가 감수해야 할 현실이고 머지않아 결정될 문제였다.

누가 뭐라든 설사 야단친다고 해도 장미는 어떤 말도 할 생각이 없었다. 약 냄새 가득한 이 창백한 방으로 오기까지 인생에서 겪을 치욕을 다 겪었고 다시 눈 뜨고 누군가를 볼 수 없을 만큼 무너졌다. 그저 그런 놈에게 그런 일을 당하는 것도 모자라 의사 앞에서 속속들이 까발려지는 건 최악이었다. 구제 불능 상태를 확인하는 좌절감. 불순한 증거일 뿐이라고 선고 받는 듯한 상황에 장미는 자신을 놓아 버렸다.

차라리 시장 뒤켠에서 그대로 죽는 편이 나았는지도 모른다고 장미는 몇 번이나 생각했다. 고막이 터진 채 그 식당을 찾아가지 않았더라면 적어도 지금까지의 모든 실수와 굴욕이 낱낱이 드러나지는 않았을 거라고. 의사의 냉정하고 세세한 질문 앞에서 고개를 떨구지도 않았을 거고 개구리처럼 엎드려 사타구니를 보이지도 않았을 것이다. 의사가 장갑 낀

손으로 오염 덩어리를 검사하듯 몸 구석구석을 살피지도 출산 경험이 있다는 사실이 밝혀지지도 않았을 것이다. 이 모든 일에 의사는 표정 변화도 없이 시종일관 침착했는데 장미에게는 자기 존재가 오염된 증거 이상도 이하도 아니라는 사실을 낙인찍는 과정으로 받아들여졌다.

의사는 손톱 밑까지 검사했다. 응급피임약을 권했고 성병 검사도 했다. 열 번쯤 질문에 마지못해 몇 마디 대답하면서 자신을 최대한 감추었으나 그들 방식은 전문적이고 장미가 말하지 않는 것까지 체크하여 소견을 남길 만큼 노련했다. 의사는 장미가 외상 후 스트레스로 판단 장애를 겪고 있다는 진단까지 내렸다. 장미는 발가벗겨 실험실에 놓인 심정으로 자신이 더할 수 없이 더럽고 하찮은 존재라는 걸 뼈아프게 느껴야만 했다. 여기서 나가 봐야 도망쳐 온 보호시설로 갈 수밖에 없다는 게 장미에게 내려진 결론이었다.

J가 성폭력에 상해 및 금품 갈취 혐의로 고발된 것은 장미 의지와 무관했다. 미성년자 성폭행이라서 의사 권한과 의무로 이루어진 일이었다. 식당을 찾아 들어가 쓰러진 뒤부터 장미에게 벌어진 모든 일들은 타인에 의해 진행됐고 결정됐다. 장미는 응급키트의 기록을 위해 질문에 답하고 증거를

위해 은밀한 곳까지 보여야만 했던 것이다. 시간이 얼마 지나지 않은 시점이라 J가 남긴 증거는 명백하고 많기도 했다. 자기 몸 구석구석에 그가 남아 있었다는 사실에 장미는 진저리를 쳤다. 끝없이 좌절하는 동안 이를 악물고서 아직 살아 있는 자신을 증오했고 그만 좀 하라고, J에 대해 그만 좀 캐물으라고 외치고 싶었다. J를 걱정해서가 아니었다. 조사해 보면 이 모든 게 결국 그렇게 하도록 빌미를 준 자기 탓이라는 게 밝혀지기 때문이었다. 멍청하고 어리석고 몸뚱이 함부로 굴린 불량소녀. 그러니까 이 꼴이지. 청소부까지 자기를 그렇게 쳐다보지 않겠나.

귀에 주먹만 한 거즈가 붙었고 부어 오른 허벅지 때문에 돌아눕기조차 괴로워도 장미는 안정감을 느꼈다. 눈 뜨면 불안해도 눈 감으면 평온해지는 아이러니 상황. 적어도 여기는 더럽지 않다. 소독약 냄새가 신뢰감을 주고 삐그덕대는 침대일망정 척추 뼈가 조각조각 내려앉을 정도로 등을 똑바로 펴고 누워 있을 수 있다.

약을 먹었고 몸은 소독했고 다친 곳도 처치했다. 입고 나갈 옷이며 병원비가 없어서 걱정일 뿐. 이 모두가 응급상황이고 이런 경우의 병원 조치가 의무적으로 정해져 있는 줄 몰라서 장미는 정신이 들 때마다 어떻게 도망쳐야 할지 머리를 굴리곤 했다. 그러나 온갖 궁리는 옷이 없다는 데서 번번이 무산됐고 그러다 다시 잠으로 도망치곤 했다.

잠결에 장미는 누가 들어온 것을 감지했다. 처음에는 청소부가 돌아온 줄 알았다. 그래서 눈을 뜨지 않았다. 그러나 곧 그 등장이 위험하다는 걸 장미는 감각으로 알아챘다. 감정이 실린 숨소리. 묵직한 발걸음. 강한 섬유유연제 냄새.

장미는 경계하며 눈을 떴다. 겨우 달라붙었던 살이 뜯어지듯 감전 같은 통증이 일었다. 상대는 잘 보이지도 않았다. 생각보다 얼굴이 너무 부었던 것이다. 모르는 여자가 장미를 노려보고 있었다. 거친 숨소리가 얼굴에 닿을 지경이었다.

"감히 뭘 해? 너 같은 게?"

어금니로 짓이긴 소리. 위압적인 상대방에 놀라 장미는 몸을 비틀며 움츠렸다. 반쯤 남은 채 매달린 수액 봉지가 흔들렸고 손등으로 연결된 관에 피가 번졌다. 몽롱한 머리는 이게 어떤 상황인지 금방 깨닫지 못했다. 그러나 곧 분명해졌다. J의 엄마. 여자는 장미를 치기라도 할 듯 험악한 얼굴로 다가왔다.

"멀쩡한 애 앞길을 망쳐도 분수가 있지. 어따 대고 드럽게,

성폭행범?"

여자의 말투에 일그러지는 표정에 영락없이 J가 있었다. 장미는 눈을 꽉 감았다. 속에서 내장이라도 뜯어지듯 투둑 소리가 났다. 귀를 가격하던 충격이 고스란히 되살아났다. 머릿속을 산산이 부수던 고통. 아득하게 흔들리는 정신. 장미가 할 수 있는 짓이라고는 그대로 몸을 놓아 버리는 것뿐이었다.

고통이 되살아났을 뿐 여자가 장미를 손찌검한 건 아니었다. 그러나 병실로 돌아온 청소부는 여자를 가해자로 쳐다볼 수밖에 없었다.

"왜 여길……."

여자는 성질대로 할 상황이 아닌 줄 너무나 잘 알고 있었고 그래서 더 악에 받쳤다. 아들을 구하고자 비굴할 정도로 몸을 낮추며 알아낸 병원이고 올 때까지만 해도 사정사정을 해서라도 문제를 해결해 볼 심사였다. 그러나 여자는 보호자 없이 자란 애를 한눈에 알아보았고 조심할 상대가 아니라는 걸 알아챈 순간 참았던 분노가 터져 버렸다. 번듯한 자기 아들이 이따위 여자애와 어찌어찌했다는 것 자체가 치욕스러워서 이렇게 된 책임이라도 떠넘겨야만 직성이 풀릴 지경이었던 것이다.

"나가요. 경찰 부를 수 있어요."

"당신이 뭔데 이래?"

"내가 누구든, 나가요."

"뭔데? 뭔 상관이야! 아무도 없다는 거 다 아는데!"

"그만하고 나가요."

나가라고 거듭 말하는 청소부에게 여자가 감정에 치받쳐 시비를 걸었다. 여자는 청소부 역시 함부로 대하고 있었다. 그들이 서로 밀고 옷자락을 잡아당기는 등 신경전을 벌이는 동안 장미는 몽롱하고 아득한 세상으로 도망쳤다.

장미의 세계는 평면적이고 천천히 움직였다. 몸싸움이든 말싸움이든 장미가 관여할 수도 없고 그럴 수 있는 일도 아니었다.

"저 애한테 미안하지도 않아요?"

"거부할 수 있었잖아. 왜 내 아들만 잡아?"

"세상에! 저 상태 보고도 이래요?"

"누굴 탓해! 철모르는 애도 아니고. 지 몸뚱이 지가 흔들어 댄 거지!"

"그 입 닫아요."

"저도 좋아서 그랬을 거 아냐!"

밖으로 쫓겨나면서까지 여자가 비아냥거렸다. 그 소리가
장미의 몽롱한 상태를 흔들었다. 끔찍한 지적이었다. 인정하
기 싫어도 아무리 감추려고 해도 소용없었던 진실. 이 모든
일의 시작은 J에게 빠졌기 때문이었다. 장미는 그가 좋았고
그의 손길에 가슴이 설렜다. 몸이 그를 거부하면서도 조금은
즐겼다는 사실. 전적으로 거부하지 못한 밑바닥의 그 원인이
장미를 죄의식에 가둬 버렸다.

문이 닫히자 장미는 다시 잠으로 달아났다. 다행스럽게도
그게 가능했다. 그러나 잠결에도 의사가 들어와 상처를 확인
하거나 간호사가 약봉지를 놓고 나가는 게 느껴졌다. 창문
에 부딪치는 빗방울 소리라든가 나뭇가지를 흔드는 바람 소
리도 들렸다. 사실은 정말 느꼈다기보다 잠에서 깼을 때 어
렴풋이 보이는 것들로 짐작했다고 해야 옳았다. 가수면 탓이
든 현실의 경계가 무너졌든 상관없었다. 장미에게는 아무것
도 중요하지 않았다. 모든 게 이제는 아무것도 아니라서. 밤
이 창백한 불빛에 밀려나고 불빛이 햇살로 대체되는 것처럼.

"너무 말라서 대강 다 맞겠다."

청소부가 종이 가방에서 옷을 꺼내며 말했다. 반듯하게
접힌 티셔츠와 통이 넓은 바지. 허벅지의 두툼한 거즈를 고

려한 거였다. 유치하게도 엉덩이 주머니에 곰돌이가 박음질
돼 있는 옷을 장미는 물끄러미 바라보았다. 새 옷 냄새가 났
다. 의류 수거함에서 몰래 끄집어낸 헌옷에서는 아무리 잘
빨아도 저런 냄새가 나지 않았다. 새것. 백화점 수선실에 오
는 옷들은 다 저런 냄새를 품고 있었다. 누군가를 위한 첫
냄새. 각이 잡힌 자존심. 한 번도 후줄근해지지 않은 것.

"당분간만이야."

청소부가 딱 잘라 말하고 나갔다. 나가면서 중얼거렸다.

"내가 미쳤지."

장미는 군소리 없이 청소부를 따라갔다.

김순영. 그녀가 병원비를 어떻게 해결했는지 왜 이렇게까
지 하는지 묻지 않았고 당분간이 얼마 동안을 의미하는지도
묻지 않았다. 통원 치료가 끝날 때까지 그녀가 곁에 있기로
했고 머물 곳이 그룹홈은 아니라는 걸 짐작한 게 다였다. 말
잘 듣는 아이처럼 따르면서도 장미는 경계심을 가질 수밖에
없었다. 따지고 보면 청소부는 고모보다 먼 사람이었다. 내가
미쳤지, 라는 말처럼 언제든지 정신 차리고 타인이 될 수 있
는 사람. 그녀가 언제 돌아서든 상관없으려면 경계심을 가져
야만 했다. 그게 언제든 덜 힘들게 괜찮을 수 있게.

현관의 오른쪽은 작은 주방. 왼쪽은 베란다가 딸린 거실이었다. 2인용 소파 하나에 단조로운 긴 탁자가 있는 거실. 방이 둘. 다른 식구의 흔적이 없는 집이었다. 그래서 올 수 있었는지도 모르겠다고 장미는 생각했다. 식구 대신 온갖 화초가 싱싱하게 버티고 있었고 청소부의 집답게 깔끔했다.

장미는 늦은 저녁의 마지막 햇살이 비스듬하게 들어와 있는 베란다 쪽을 물끄러미 바라보았다. 햇빛 들어오는 창문이 있는 집. 문득 여기 살고 싶다는 생각이 들어서 눈을 감아 차단했다. 어쩌자고 감히. 그나마 가엾게 봐줘서 여기까지 온 것이다. 피를 나눈 고모조차 거두려 하지 않았던 애를 남이 이렇게까지 봐주는 건 드라마에서나 가능할 일이다. 아무것도 기대하지 말아야 한다. 아무것도 아닌 애가 욕심을 부리면 안 된다. 집 안에 들어온 저런 햇살 한 줌조차.

"병원 다닐 때까지만, 그래. 해 보자."

해 보자. 그 말은 청소부가 자신에게 거는 주문 같았고 장미에게는 여기까지를 확인시키는 경계 의미일 수밖에 없었다.

청소부가 장미의 백팩을 작은 방에 들여놓고 이부자리를 가져다 펴 주었다. 오래돼 보이는 컴퓨터가 놓인 책상과 제법 큰 정리장이 방의 반을 차지하고 있었다. 나머지를 이부자리가 덮었다. 정리장 위쪽에는 요리책 몇 권과 스크랩북 같은 것들이 반듯하게 꽂혀 있었다. 장미는 잠자코 서 있다가 면 커버가 씌워진 베개를 세우고 등을 기대앉았다.

"그러면 불편하잖아."

그게 정확히 어떤 말인지 몰랐지만 장미는 고분고분 등을 보인 채 모로 누웠다. 베개에서 햇빛 냄새가 났다. 속이 비어서인지 가늘어진 몸이 세로로 접히는 느낌이었다. 어깨도 심장도 눌리고 가슴도 옥죄듯 아팠다. 눈을 꾹 감았건만 기어이 뜨겁게 눈물이 흘러내렸다.

잠이 올 것 같지 않았지만 장미는 내내 누워 있었다. 방에 어둠이 스미는 걸 가만히 바라보았고 닫힌 문 너머에서 음식 익어 가는 냄새를 맡았다.

이런 게 집이구나.

어쩌자고 또 그런 생각이 들었다. 눈을 감고 귀를 닫고 냄새마저 차단해야 할 노릇이었다. 모든 게 그저 지나가기를. 청소부가 불러내는 소리조차 부담이었다. 이만큼 배려해 준 사람의 인내심을 자극해야 좋을 게 없다는 생각이 들었지만 선뜻 나서기가 두려웠다.

"우리가 마주 앉아서 뭘 먹을 사이는 아니지만, 그래도 좀 먹는 게 좋을 거다."

등 뒤에서 청소부가 말했다. 어두운 방에 밀려든 불빛. 그게 그녀가 문을 연 만큼의 배려처럼 벽에 번졌다. 얼룩처럼 번지는 빛과 어둠을 장미는 잠자코 응시하다 마음을 차단하듯 눈을 감아 버렸다. 마치 전달 사항을 알려 주듯 어떤 감정도 섞이지 않은 그녀의 말투. 문이 닫히고 경계를 확인시키는 것 같던 빛도 사라졌다. 달그락대던 소리가 잠잠해지고 정적이 흘렀다. 누군가와 통화하는 소리, 거실에서 웅웅대던 텔레비전 소리도 멎었다.

잠시 잠이 들었다가 깬 건 목이 말라서였다.

벽을 더듬어 스위치를 켰다. 혹시 상상이 아닐까 싶던 것들이 환하게 눈에 들어와서 장미는 찬찬히 둘러보았다. 불 꺼진 안방 문은 열려 있고 이불 밑으로 드러난 청소부의 맨발이 어둠 속에서 어렴풋이 보였다. 그녀를 깨우게 될까 봐 장미는 되도록 발소리를 죽이고 식탁으로 갔다. 식은 음식이 아직 거기에 있었다.

장미는 식탁의 물을 따라 마셨다. 미지근한 물이 장을 따라 흐르는 걸 느끼면서 장미는 예쁘게 만들어진 계란말이를 빤히 보았다. 그걸 맨손으로 집어 먹었다. 표 나지 않게 슬쩍

할 작정이었다. 딱 하나만. 싱거웠다. 다시 하나. 이번에도 맨손으로. 옆에 있던 반찬도 먹어 보았다. 맹탕이었다. 맨손이 밥을 한 움큼 쥐었다. 그러기 싫었으나 손을 말릴 수가 없었다. 맨밥이 목구멍에 걸렸다. 삼켜지지도 뱉을 수도 없는 그것 때문에 손이 분주해졌다. 물을 마시고 김치를 집어 먹고 씹어 넘기기도 전에 양손이 다른 것을 움켜쥐었다. 그럴 때마다 국물이며 부스러기가 떨어지고 손이 만신창이가 됐다. 버릇없는 손짓이 멈추지 않았다. 허기진 속이 맛도 모르면서 미친 듯이 끊임없이 요구하고 있는 것이다.

욕심 부리던 손은 속에 들어간 것들이 게워질 위기에서야 멎었다. 걷잡을 수 없이 구토가 이어졌다. 식탁이며 주변이 엉망이 돼 버린 것을 깨닫고 나서야 장미는 겁을 먹었다. 티슈가 식탁 옆 콘솔 위에 있었다. 조심성 없는 손이 티슈를 마구 뽑는 바람에 티슈 갑마저 바닥으로 떨어졌다. 콘솔 위에는 휴대전화 충전기라든가 반으로 접힌 만 원짜리 몇 장. 지갑, 돋보기, 치실 같은 것들이 있었다. 청소부의 일상적인 물건들. 그 속에서 장미의 눈을 끈 것은 작은 사진이었다.

손바닥 크기의 흑백 사진. 구겨진 24주 초음파 사진.

파우치에서 없어진 거였다. 장미는 저도 모르게 안방 쪽을 돌아보았다. 한쪽 머리가 눌려서 삐죽해진 채 일그러진 표정으로 청소부가 서 있었다.

11.
진주

선택적 함구증.

의사가 그렇게 말했을 때 장미는 속으로 웃었다. 자기가
말하지 않는 건 병적 증상이 아니라 그저 하기 싫어서라고
생각했기 때문이었다.

장미는 본래 말이 많지 않았다. 그래도 입 다물고 있으면
뚱하다 소리를 듣거나 상대를 불쾌하게 만들 수 있다는 걸
알기 때문에 눈치껏 분위기 맞춰 가며 적당히 대처하곤 했
다. 입꼬리가 좀 처진 데다 입까지 다물고 있으면 어떤 표정
이 되는지 알기 때문에 학교 다닐 때는 일부러 큰 소리로
수다를 떤 적도 많았다. 솔직히 그건 숙제처럼 부담스러운
노릇이었고 지금은 그럴 필요가 없어졌을 따름이다.

단지 입 다물었을 뿐인데 이렇게 과분한 주의를 끌 수도 있다니. 의사가 진지하게 소견을 말하는 것도 청소부가 그걸 신중하게 듣는 모습도 장미로서는 흥미롭기만 했다. 단 한 번도 누군가에게 중요한 적이 없었던지라 저에 대해서 타인들이 그런 태도로 그렇게 어려운 말을 나눈다는 사실이 솔직히 좀 좋았다. 보호받는 듯했고 누군가의 딸이 된 기분도 좀 들었다. 그러나 이런 착각조차 오래 유지될 수 없음을 장미는 분명히 알고 있었다.

장미는 늘 조심했다. 청소부와 마주앉아 밥도 먹지 않았고 되도록 샤워도 청소부가 없을 때만 했다. 수채 구멍의 머리카락 한 올도 치웠고 타일에 튄 물방울도 말끔히 닦아 냈다. 발소리를 내지 않았고 되도록이면 냉장고를 열지 않으려고 했다. 두 번 다시는 미련하게 그날처럼 맨손으로 먹고 토해서 청소부를 놀라게 하지 않았다. 그저 있어도 된다고 허락받은 쥐처럼 작은 방에서 움츠렸다. 혹시라도 아픈 게 아니라 말하기 싫었을 뿐이라는 걸 들키게 될까 봐 더욱 입을 다물었다. 굳이 말할 필요가 없기도 해서 연기를 고민할 정도는 아니었으나 선택적 함구증 환자라는 보호막은 불안하고 영 믿을 만하지가 않았다.

아무리 노력해도 어쩔 수 없는 불안이 있었다.

당분간.

청소부의 그 조건은 유효했다. 몸이 괜찮아지면 그룹홈으로 가야 한다는 결정을 장미는 무겁게 인지하고 있었다. 청소부는 애초부터 보호자로서의 책임이 없고 아무리 조심해도 청소부의 일상은 이미 장미로 인해 불편해져 있었다. 통원 치료와 심리 상담으로 몸이 점차 나아지는 상황도 불안 요인이었다.

무엇보다 J의 엄마가 자꾸 연락하는 게 문제였다. 미납 요금을 해결하자마자 걸려 오기 시작한 전화를 스팸 번호로 차단했지만 그것으로 끝나지 않았다. J의 집요함은 여자를 닮았던 것이다. 청소부의 전화까지 혹사당하기 시작하면서 장미는 불안한 심정으로 청소부의 한숨 소리를 견뎌야만 했다.

가해자의 성폭력 증거가 확실하고 피해자는 오른쪽 청력까지 상실했다. 월급까지 강탈한 사건. 장미는 몇 개월 차이로 아직 미성년이고 J는 엄연한 성년이라서 무거운 처벌을 피할 수 없었다. 여자는 부탁이든 협박이든 멈추지 않을 게 분명했다. 이 모든 잘못의 원인을 따져서라도 아들의 과오를 줄이고 피해자로부터 합의를 얻어 내야 하는 게 여자가 생각하는 최선이었다.

장미가 아이를 낳았다는 사실은 J가 더 궁지에 몰릴 증거
이면서 동시에 장미를 괴롭힐 수 있는 문제였다. J 엄마는 장
미가 일방적으로 당한 게 아니라 둘이 사귀다가 벌어진 일이
라고 입에 거품을 물었다. 그 여자가 청소부를 괴롭히는 게
걱정일 뿐 J 측이 합의를 구걸하고 있는 이 상황을 장미는
내버려 두고 싶었다.

여자는 J가 빼앗어 간 돈 문제도 들먹였다. 처음에는 자기 아
들이 맹세코 돈을 뺏은 게 아니라고 주장했다. 어쨌든 다 돌
려주겠다. 두 배로 갚겠다. 열 배면 되겠느냐. 청소부는 이 문
제에 대해 장미의 의견을 물은 적이 없었다. 장미도 침묵했
다. 의사의 진단 덕분에 장미의 침묵은 일종의 보호막이 됐
고 지속적인 협박성 요구로 인해 가해자 측은 더 불리해질
수 있었다.

치료를 마치고 돌아오다 장미는 멈칫했다.

그 여자. J 엄마가 연립주택 입구에 버티고 있었다. 황급
히 돌아섰지만 여자는 장미를 알아보았고 당장 뒤를 따랐다.
그 짧은 순간, 장미는 여자의 노기등등한 얼굴을 보고 말았
다. 이런 상황에서는 의사의 진단도 피해자라는 사실도 소용

없게 마련이다. 장미는 잰걸음으로 피하다 급기야 뛰어 도망쳤다. 다 나은 줄 알았는데 아니었다. 아랫도리가 욱신거리고 귀에서 경고음이 울리기 시작했다. 모퉁이를 돌 때 여자의 악담이 들러붙었다.

장미는 햄버거 가게의 화장실로 숨어들었다. 문을 잠그고 변기에 주저앉아 놀란 가슴을 가라앉혔다. 온몸에 소름이 돋아 있었다. 장미는 저도 모르게 괄약근을 조이고 있음을 알았다. 그래서 아랫도리가 더 욱신거렸는데도 경직된 몸이 거기를 쉬이 풀지 못했다. 덩어리진 피가 뭉텅 빠져나오던 얼마 전 충격을 몸이 기억하고 있었다. 누가 알려 준 적도 없고 인터넷을 찾아보지도 않았지만 장미는 그 증상이 임신 가능한 신호임을 본능적으로 깨닫고 있었다. 몸의 경직은 참혹한 기억에 대한 반응이자 거부였다.

그 여자가 여기까지 알아냈다. 이렇게까지 하는 사람이 무슨 짓은 더 못할까. 결국 모든 게 흔들리고 원점으로 돌아가 버릴 것이다. 장미는 청소부의 집이 좋았다. 청소부의 정갈한 음식이 좋았다. 거실 바닥에 나른하게 머무는 저녁 햇살은 걱정마저 별일 아닌 듯 풀어놓곤 했다. 이제 이 모든 게 끝장나고 말 것이다. 그중에 어떤 것도 가질 수 없다는 걸 받아들일 때가 오고 말았다. 그룹홈. 어차피 조만간 그렇게 될 일이었다. 아직 미안하다고 하지 못했는데. 돈도 갚지 못했는데.

전화기에서 청소부의 전화번호를 찾아 물끄러미 보다가 장미는 가슴을 문질렀다. 거기가 너무 아팠다. 청소부는 미납 요금을 해결해 주고 나서 자기 번호를 입력해 주었다. 급할 때 연락하라는 뜻이었다. 그런 말까지는 안 했지만 장미는 그렇게 이해했다. 아직까지는 이 번호를 누를 일이 없었다.

장미는 망설였다. 청소부가 돌아왔을까. 여자와 마주쳤을까. 저녁 식사에 누가 올 거라면서 청소부는 시장에 갔다. 장미가 병원에서 돌아와 선뜻 들어가지 못했던 건 그래서였다. 청소부의 손님을 마주할 일이 그녀의 공간에 끼어든 것 이상으로 내키지 않는 노릇이라서. 자기가 낯선 사람과 아무렇지도 않게 만날 처지가 아닌 줄 알면서도 그런 자리를 만들었다는 게 좀 서운했으나 이런 감정조차 주제넘은 일이었다. 거기는 엄연히 그녀의 집이다. 싫으면 알아서 비켜 줘야지. 내일부터 청소부는 다시 일하러 간다. 저 때문에 일을 그만둔 터라 장미는 어떤 문제도 만들고 싶지 않았다.

액정 화면이 자동으로 꺼질 때 장미는 저도 모르게 찡그렸다. 버튼을 누르자 청소부의 번호가 다시 떴다. 뒷자리

0233. 숫자가 왠지 익숙했다. 입에서 맴도는 숫자. 0233.

아이디 21. 세반고리관를 혹사시켰던 바로 그 번호가 분명했다. 중간 번호가 77로 끝나서 외우기 쉽다고 생각했었다. 청소부가 바로 의문의 그 씨엔톡 회원이었던 것이다. 모임에 참석하지 않고도 제법 많은 회비를 송금한다던 바로 그 사람. 다큐 영화 상영 때 참석하는 걸 보고도 장미는 그 자리에 올 사람이 아니라고 생각했었다.

청소부 김순영. 정체가 뭘까. 그러니까, 전화기가 열 받도록 귀가 진저리치도록 전화를 걸고 또 걸었을 때 당사자는 바로 옆에서 청소를 하고 있었던 것이다. 사진관 사람들도 아이디 21에 대해서는 몰랐던 게 확실하다. 화장실 앞에서 청소부와 수시로 마주쳤을 텐데도.

뭘까, 이 사람. 혼자 사는 여자에다 예순 살은 돼 보이는 사람. 불필요한 말은 하지 않고 말할 때 좀 엄격한 편이라 얼핏 도덕 선생님처럼도 보인다. 24주 초음파 사진에 대해서도 별말이 없었다. 그게 어디에 있던 것인지 알면서, 얼마나 많은 걸 감추고 있는지 궁금할 텐데도 장미에게 아무것도 묻지 않았다. 물론 장미도 할 말은 없었으나 청소부가 그걸 하티 사진으로 믿는 것 같아 속이 불편하기는 했다. 책장의 책으로 짐작하기에 대학 공부도 한 사람이었다. 대학을 나왔어도 인생이 꼬이면 청소부 아니라 더한 일도 할 수밖에 없지만 영화 모임의 고정 회원으로는 아무래도 어울리지 않는 일원이었다. 게다가 다른 회원들보다 많은 회비를 입금한다. 이번에는 입금이 안 되고 있다 소리를 사장이 하기는 했으나 어쨌든 청소부나 하면서 그렇게 작은 집에 사는 사람이.

꺼졌던 액정이 갑자기 밝아지며 문자가 떴다. 진주였다.

 -혹시 죽었냐? 돈 보낸다며.

곧이어 주먹을 날리는 이모티콘이 떴다. 장미는 재빨리 통화 버튼을 눌렀다.

돈 보낸다며.

이모에게 보낸 문자 내용이었다. 둘이 연락하지 않으면 이걸 어떻게 알겠나. 진주는 전화를 받지 않았다. 원래부터 얘랑 통화하기는 쉽지 않았다. 대개는 일하는 데 눈치가 보이기 때문이고 요금 걱정일 수도 있으나 아무튼 괴발개발이라도 얘는 문자를 더 선호했다. 목소리라도 확인하고 싶었건만 끝내 통화가 되지 않았다.

 -알써 보내 너 지금 어디.

갑자기 화가 치밀었다. 돈이 없다. 한 푼도. 어찌된 일인지 납작한 봉투도 장미에게 남아 있지 않았다. 그날 택시 기사에게 통째로 줬는지 어디서 흘렸는지 도무지 기억을 못하겠다. J. 월급을 봉투째 훔쳐 간 놈. 그 자식 때문에 머리가 뜨거워지고 진땀이 솟았다. 그 돈만 있어도. 그 핑계만 있어도 이모를 만날 것 같은데. 하티가 어디 있는지 알아낼 텐데.

곧바로 답이 왔다.

－보관함 9시. 이모 볼 거야 가져와 꼭.

불길한 예감이 엄습했다. 가져와 꼭. 감정을 주지시킬 때의 진주 얼굴이 떠오를 만큼 거슬리는 문자였다. 틀림없이 무슨 꿍꿍이가 있을 것이다. 그렇다 쳐도 할 수 없다. 거기가 어디라고 해도 무슨 일이 기다리고 있어도 가야만 했다.

장미는 입술을 깨문 채 화장실을 나왔다.

진주. 하티. 드디어.

신경이 곤두선 탓에 신경질적으로 연거푸 노크하던 여자를 밀쳐 버리게 됐다. 욕이 따라붙었지만 개의치 않았다. J의 엄마와 마주친다고 해도 상관없을 만큼 긴장했고 감정이 예민해졌다. 어스름 저녁이라도 더위가 여전해서 이내 땀이 솟았지만 장미는 오히려 한기를 느꼈다.

J 엄마는 보이지 않았다.

장미는 곧장 청소부의 집으로 갔다. 비밀번호를 누르는데 별안간 가슴이 울컥했다. 잠깐이었지만 이 집의 비밀번호를 눌러도 되는 애였는데.

문도 열기 전에 장미는 고깃국이 끓는 냄새를 맡았다. 식탁에는 몇 가지 음식이, 가스레인지 위에서는 국이 끓고 있는데 청소부는 없었다. 음식을 만들다가 잠시 나간 듯 가스 불은 작은 불꽃으로 줄여져 있고 만들어진 음식은 접시에 덜기 직전이었다. 아무래도 근처로 손님을 마중 나간 모양이었다. 손님이 누구든 그로 인해 자기가 밀려날 거라는 사실을 장미는 우울하게 받아들였다. 어설프게 끼워진 조각은 애초부터 흔들리게 돼 있었다.

머릿속에서 비어진 진땀이 목을 타고 흘렀다. 장미는 초조하게 빈집을 둘러보았다. 이렇게 가야 한다는 게 정말 내키지 않았다. 그러나 가야 한다. 이번에도 가지 않으면 진주를 영영 놓치고 말 것이다.

하티. 장미에게 하티는 무엇보다 강한 이유였다. 쪽지라도 남겨야 할까, 잠시 생각했다. 그러나 서둘러야 했다. 가스 불을 끄지 않았다는 건 청소부가 곧 저 문을 열고 들어올 수도 있음을 의미했다.

장미는 제 물건을 대강 챙겨서 백팩을 둘러멨다. 그리고 콘솔 위에 있던 돈을 움켜쥐었다. 가져다 쓰라는 듯 그것은 늘 거기에 있었다. 돈을 주머니에 쑤셔 넣으면서 장미는 속이 아프게 수긍했다. 여기로 다시는 돌아올 수 없다.

계단을 내려가다가 장미는 황급히 뒤돌아서 위로 뛰어올라갔다. 아래층 계단으로 청소부가 올라오고 있었다. 손님과 함께. 청소부 목소리는 다른 때보다 밝았고 다소 흥분한 것처럼 느껴졌다. 손님은 둘이었다. 장미는 긴장한 숨소리가 행여 새어 나갈까 봐 입을 막은 채 숨어서 집 안으로 들어가는 사람들을 훔쳐보았다. 하마터면 헉, 소리가 튀어나올 뻔했다.

벤이었다. 그리고 미아 수니.

그들이 집 안으로 사라지고 문이 닫히는 걸 장미는 잠시 멍하니 지켜보았다. 그러나 곧 정신을 차리고 연립주택을 빠져나왔다. 어둠이 깔리기 시작한 바깥에서 장미는 3층 베란다를 바라보았다. 은은한 불빛이 번져 나오는 곳. 벤과 미아 수니가 손님이었다니. 사실은 이상할 일도 아니었다. 장미가 몰랐을 뿐 그들은 씨엔톡 회원으로서 충분히 알고 지낼 수 있는 사이였다.

장미는 몇 번이나 걸음을 멈추고 불 켜진 창문을 올려다

보았다. 돌아갈 수도 없고 그러고 싶지도 않았다. 청소부는 무슨 일이 생겼는지 금방 알아챌 것이다. 배신감에 화가 날 것이고 별수 없는 애였다고 고개를 저을 것이다. 쪼끔은 다정했던 벤까지 다 알게 될 짓 때문에라도 장미는 더 머뭇거릴 수 없었다.

전철역.

보관함이 보이는 자리에서 장미는 서성거렸다. 얼마 전 빌린 보관함을 이미 다른 사람이 사용하고 있었다. 거기 넣어 둔 옷가지와 분유통도 치워 버렸을 게 분명했다. 청소부가 몇 번 전화했다. 장미는 신호가 끊어질 때까지 전화기를 물끄러미 보기만 했다. 일정한 소리를 내는 전화기가 마치 청소부의 음성 같았다. 그러다 잠잠. 청소부의 엄격한 면처럼 전화기도 더는 울리지 않았다.

문득 진주가 말한 곳이 정말 여기일까 의문이 들었다. 그렇게 말할 데라고는 여기뿐이지만 그래도 혹시 다른 곳을 말한 거라면 어쩌나 싶어 갑자기 초조해지는 것이다. 바쁘게 오가는 사람들뿐, 진주처럼 보이는 애는 없었다.

9시가 훨씬 넘었을 때 여자애들 서넛이 화장실에서 나오는 게 보였다. 장미의 시선이 그중 하나에 꽂혔다. 교복 차림의 여자애.

장미는 자기 눈을 의심하며 다가갔다. 교복을 입었지만 진
주가 분명했다. 그사이 진주는 진주가 아닌 것처럼 달라져
있었다. 열여덟 살짜리로 돌아갈 거라더니 다시 학생이라도
된 듯 머리를 어깨까지 늘어뜨렸고 하얗게 화장하고 틴트를
짙게 발랐다. 진주 혼자 그런 차림이었다. 왠지 수상쩍었다.
여학생과의 데이트를 즐기는 성인 남자들에 대해서 장미는
알고 있었다. 진주를 둘러싸고 있는 애들. 가출한 애들이라
는 걸 한눈에 알 수 있는.

이름을 부르고 싶었는데 목소리가 나오지 않았다. 뜨거운
덩어리가 목구멍에 걸려 버렸다. 선택적 함구증. 설마 그 진
단이 진짜였을까. 더럭 겁이 났다. 그러고 보니 그동안 누구
와도 말을 나누지 않았다. 방에서 혼자 몰래 목소리도 내보
지 않았다. 병원에서조차 말하기 어려운 환자로 대해 줘서
고갯짓만으로도 충분했던 것이다.

장미는 잰걸음으로 다가가 진주의 팔을 붙잡았다.

"뭐냐, 너?"

진주가 놀라서 장미를 위아래로 살폈다. 귀에 붙은 거즈를
볼 때는 찡그리기까지 했다. 다른 애들이 눈빛을 교환하며

둘러쌌다. 위험하고 불결한 기운에 갇히는 걸 느끼며 장미는 몸을 떨었다. 장미가 놀란 것처럼 진주한테도 장미는 분명히 뭔가 달라 보였다.

"얘 봐. 큭! 엉덩이에 곰돌이."

뒤에 서 있던 애가 장미를 툭 건드렸다. 시비인지 친밀감의 표시인지 알 수 없는 행동에 장미는 휘청했다. 옆에 있던 애가 웃으며 장미를 붙잡는데 담배 냄새가 혹 끼쳤다. 장미는 진주에게 무슨 말이든 하고 싶었다. 그러나 정말로 목소리가 나오지 않았다. 하티에 대한 간절한 말조차 기껏해야 안타까운 표정이나 신음으로 뭉개졌다.

진주의 표정이 어두워졌다.

"기집애야. 너, 장난해?"

장미는 진주를 꽉 붙들고 목구멍을 긁는 소리로 하티에 대해 재차 물었다. 진주가 장미를 뿌리쳤다. 다른 애들도 찡그린 채 장미를 훑어보았다.

"얘, 정상 아닌데."

"민지 너, 멘탈 굴리지 마라. 우리 눈 많다."

옆에서 경고했다.

민지. 장미는 진주를 쳐다보고 주변을 돌아보았다. 애들 말고도 누가 더 있다는 소리였다. 머릿속이 차갑게 곤두섰다. 어떤 음모에 끼어들었다는 걸 장미는 본능적으로 알아챘다.

진주는 여기서 민지였다. 길거리 애들 속에서는 얼마든지 그럴 수 있다. 어쩌면 진주라는 이름도 진짜가 아닐 거라는 생각이 이제야 들었다. 맹세코 이름을 의심한 적은 없지만 장미도 진주가 진짜 진주라는 증거 따위를 봤던 건 아니었다. 그런 생각이 들자 안 그래도 달라진 진주가 더 낯설게 느껴졌다. 그렇다고 돌아설 수는 없었다. 돈을 가져오라고 한 이유가 하티와 상관없을지라도 지금 장미가 붙잡을 수 있는 건 진주뿐이었다.

"뭘 걱정. 더 그럴듯한데."

진주가 오기 부리듯 이죽거리며 장미를 빤히 보았다. 장미는 혼란스러웠다. 진주는 장미가 알던 때보다 나빠져 있었다. 더 불량스럽고 독해진 것 같다. 그러나 분명히 진주였다. 말은 그렇게 하면서도 눈빛은 다른 신호를 보내고 있는 듯한. 진주가 묻고 있었다. 가져왔지? 진주는 간절히 그걸 원하고 있었다.

장미는 고개를 끄덕였고 최대한 목소리를 끄집어냈다. 이모를 만나게 해 줘. 하티한테 가자. 주변 애들이 결코 알아챌 리 없는 표정. 진주의 눈빛이 흔들렸다. 장미만큼 간절하지 않았다고 해도 둘은 친구였고 같이 지낸 시간도 적지 않았다.

"가자."

진주가 먼저 개표구를 통과했고 장미가 뒤따랐다. 여자애 둘은 몸을 굽혀 가로막을 통과했다. 장미는 얼핏 청년 둘이 따라붙는 걸 보았다. 한 손으로 짚고 마치 날 듯이 가로막을 넘던 청년과는 눈이 마주치기까지 했다.

전철이 막 떠나려는 참이었다. 장미는 진주에게 달라붙어 스며들 듯 전철에 몸을 실었다. 여자애 하나와 남자들은 간발의 차이로 전철을 타지 못했다. 그러나 걔들은 당황하거나 서두르지 않았고 뭔가를 주지시키듯 손짓을 보냈다. 자기들 끼리 통하는 게 있다는 뜻이었다.

장미는 되도록 진주 옆에 있었고 다른 애들은 조금 떨어진 데서 광고판의 인기 연예인에 대해 떠들어 댔다. 진주는 거즈가 붙은 장미의 귀를 흘끔거리곤 했다.

"너한테서 다른 냄새가 나."

진주가 혼잣말처럼 말했다. 장미는 아무 대답도 하지 못했다. 진주는 장미를 힐끗 보았고 짜증 난다는 듯 욕을 껌처럼 씹었다. 그리고 전철에서 내릴 때까지 아무 말도 하지 않았다. 문자를 보내고 확인할 뿐이었다. 이모일 거라고 장미는 생각했다. 제발 그러면 좋겠다고.

진주와 나란히 계단을 올라가자 같이 살던 때가 생각났다. 얼마 전 그때가 아득히 먼 옛날 같기만 했다. 진주 발걸음이 무거워지다 느려졌다. 그러나 멈추지는 않았다. 나란히 걷게 되자 진주가 속삭이듯 말했다.

"돈 나한테 줘. 하티가 내 아인 줄 아니까."

장미가 쏘아보며 걸음을 멈추려고 하자 진주가 재촉했다.

"시키는 대로 해. 그러자구, 쪼옴."

누가 보고 있다는 경고 때문이었을 것이다. 진주는 분명히 뒤를 경계하고 있었다. 겁을 먹고 있었다. 자기가 왜 애들 속에 끼었는지도 모르면서 장미는 덩달아 두려움을 느꼈고 그럴수록 진주에게 의지했다.

"돌아갈 거야."

어금니로 짓이기듯 진주가 또 말했다.

"근데 돈이 없어. 그니까 좀 줘."

거친 숨소리 때문에 진주의 말은 뚝뚝 끊어져 들렸다. 장미는 진주가 울고 싶은 속내를 간신히 견디고 있다는 걸 알았다. 장미는 진주를 힐끗 보며 고개를 저었다. 이대로는 주지 않을 것이다. 절대로.

"이모가 나온댔어. 넌 들어가서 하티를 봐. 그럼 되잖아."

비로소 장미는 고개를 끄덕였다. 가슴이 무섭게 요동쳤다.

"보기만 해. 이모는 쟤들이 맡을 거야."

맡다니. 장미의 시선을 피하지 못하고 진주가 돌아보았다. 잠깐 시선이 마주쳤다. 흐릿한 가로등 불빛 탓인지 진주 얼굴이 얼룩덜룩했다. 진주가 고개를 돌리는 순간 장미는 언뜻 귀 뒤쪽으로 길게 난 상처를 보았다. 전에 없던 것. 아직도 부어 있고 겨우 딱지가 앉은 상태였다.

"그냥 보라구. 우리 얘기하는 동안."

하티를 몰래 보라는 소리였다. 이모를 불러내서 얘기하는 잠깐 동안. 무슨 속셈인지 몰라도 진주가 위험을 무릅쓰고 자기를 도와주려고 한다는 걸 장미는 감지했다.

오래된 동네. 가난한 사람들이나 살 것 같은 동네. 좁은 언덕길로 접어들면서 진주가 머뭇거렸다. 불안한 듯 몇 걸음 떨어져 있는 애들을 돌아보기도 했다. 허름한 연립주택 근처에서 진주가 망설이던 말을 꺼냈다.

"기지배야. 하티, 꼭 봐라."

진주가 손을 내밀었다. 장미는 주머니에 손을 넣었지만 꺼내지 않았다. 더 확실해지기 전에는 줄 수 없었다. 그때, 뚱뚱한 어떤 여자가 연립주택 계단을 내려오는 게 보였다. 진주가 손짓으로 미는 시늉을 해서 장미는 어두운 담벼락에 붙어 섰다. 어디로 숨었는지 뒤따라오던 애들은 옷자락도 보이지 않았다. 장미가 돈을 내밀자 진주가 낚아채며 툭 내뱉었다.

"103호야."

진주가 여자 쪽으로 뛰어갔다. 그리고 반듯한 학생처럼 허리를 굽혀 인사하며 말을 붙였다. 여자가 팔짱을 끼며 삐딱하게 서는 폼이 진주가 찾아온 게 영 못마땅한 모양이었다.

진주가 일부러 여자의 시선을 끄는 동안 장미는 재빨리 여자가 나온 곳으로 숨어들었다. 103호는 닫혀 있었지만 자동 장치가 없는 문이었고 손잡이를 돌리자 순순히 열렸다. 불쾌한 냄새가 고여 있는 집이었다. 그 속의 아기 울음소리.

몸이 생각만큼 움직이지를 않았다. 심장이 터질 것처럼 요동치고 숨도 제대로 쉬어지지 않았다. 생각이라는 걸 할 수가 없었다. 장미는 입술을 깨문 채 안으로 들어갔고 눈은 오로지 하티를 찾아 번득였다. 온갖 물건으로 너저분한 집 안에 아기가 셋이나 있었다. 하나는 앉아서 울고 하나는 엎드려 버둥거리고 하나는 누워서 제 손으로 젖병을 들고 빠는

223

중이었다.

장미는 엎드린 채 버둥거리고 있는 아기를 본능적으로 알아보았다. 어디로 도망치기라도 하려는 듯 발버둥치는 아기. 하티. 그사이 머리카락이 제법 자랐다. 살도 좀 붙은 것 같고 울지도 않는다.

장미는 하티를 덥석 안았다. 훅 스며드는 하티 냄새에 장미는 현기증을 느꼈다. 머릿속이 어질어질해서 기절할 것만 같았다. 갑자기 하티가 울음을 터뜨렸고 장미도 울음이 터져 버렸다. 장미를 알아보기라도 한 듯 하티는 울면서도 장미한테서 시선을 떼지 못했다. 그 작은 눈은 자기가 보고 있는 게 무엇인지 확인하고야 말겠다는 듯 간절했다.

그때 화장실에서 변기 물 내리는 소리가 났다. 장미는 하티를 안은 채 밖으로 뛰쳐나갔다. 늙은 남자의 고함이 뒷덜미에 따라붙었다. 장미는 망설이지 않았고 돌아보지 않았다. 미친 듯이 뛰고 또 뛰었다. 아까와는 반대 방향으로. 어둠이 드리워진 화단을 따라가느라 팔뚝을 긁히고 넘어지기도 했다. 하티가 다시 울음을 터뜨렸고 뒤에서 위협적인 발짝 소리가 들려왔다.

다행히 손님을 내려 주고 막 출발하려는 택시가 있었다.

장미는 무작정 올라탔고 문부터 잠갔다. 기사가 놀라서 돌아보는 순간 늙은 남자가 바깥에서 문을 두드리며 손잡이를 함부로 잡아당겼다. 일그러진 그 얼굴은 문짝을 뜯어 버릴 기세였다. 찡그리는 기사를 보며 장미는 절망적으로 고개를 저었고 진저리치면서 애원했다.

"아, 아저씨. 제발……."

12.
기다리는 아이

기다려 준 시간까지 요금으로 계산한 뒤에야 택시 기사가 떠났다. 장미와 청소부를 위아래 경멸하듯이 훑어보고. 그에게는 이 상황이 되바라진 딸이 사고 친 대가로 애를 안고 나타나서 엄마를 기함시키는 모양으로 비쳐질 만도 했다.

장미는 거의 쓰러지기 직전이었다. 오한이 멈추지 않았고 진땀으로 미끄러워진 손은 하티를 놓쳐 버릴 지경이었다. 불안이 전이되기라도 한 듯 하티도 울음을 멈추지 못했다. 장미가 하티에게서 시선을 떼지 못하는 건 청소부 때문이었다. 차마 그녀를 똑바로 볼 수가 없어서. 오랜만에 맡는 하티 냄새가 그나마 장미를 붙들어 주고 있었다. 살냄새, 분 냄새, 울음 토하는 작은 입에서 나는 쉰내. 버르적거리는 작은 손이 닿는 감촉.

청소부는 얼이 빠진 채 장미와 아기를 바라보기만 했다. 이 난감한 상황을 받아들이기 어려워 선뜻 손을 내밀지도 못하는 것이다. 장미라는 문제 덩어리를 감당하기도 벅찬 그녀였다. 인사도 없이 사라져 괘씸하다는 감정도 잠시, 내심 할 만큼 했다고 마음 한 귀퉁이가 홀가분해지던 참이었다. 그런데 느닷없이 아기까지 안고 나타났으니.

청소부가 번호를 저장해 주지 않았으면 장미는 돌아오기 어려웠다. 여기를 떠날 때만 해도 끝인 줄 알았으니까. 돈까지 훔쳐 도망친 애가 돌아왔으니 청소부가 얼마나 어이없을지 장미는 충분히 짐작하고도 남았다.

달리 갈 데가 없었다. 아무리 염치가 없어도 길은 하나뿐이었다. 가진 거라고는 충전금이 거의 바닥난 교통카드뿐. 고스란히 진주에게 넘겨서 동전 하나 없었다. 전화기가 아니었으면 기사는 정말로 경찰서로 직행했을지도 모른다. 갓난이를 품에 안고 남자에게 쫓기는 모양부터가 정상이 아니었으니까.

청소부가 문자를 금방 확인하지 못해서 기사가 좀 화를 냈지만 그 정도는 일도 아니었다. 거짓말처럼 목소리가 다시 잠겨 버렸다. 다급했을 때 터진 입이 또다시 막혀 버린 것이다. 기사가 경찰서 운운하는 바람에 장미는 청소부에게 전화를 걸어 기사를 바꿔 주었고 기사는 택시 영업에 시간은 바로 돈이라는 소리부터 했다.

허둥지둥 뛰어오는 청소부를 보는 순간 장미는 이제 그만 기절해도 되겠다고 안심했다. 안전하다. 돌아왔다. 12시가 넘은 시간. 이 늦은 시간에 벌어질 수 있는 일들을 생각해 보면 이나마 다행이었다. 운이 좋았다고도 할 수 있다.

진땀이 마를 새도 없이 장미는 24시간 하는 마트에 다녀왔다. 급한 대로 기저귀 몇 개와 분유. 그리고 젖병을 샀다. 죄다 청소부 돈이었다. 구걸하고 있어. 입 다물고 살피기만 하는 청소부에게 물품 쪽지를 건넬 때 장미는 딱 그 심정이었다.

환경이 바뀐 탓인지 하티가 잘 먹지 않고 보채기만 해서 장미는 어두운 방에서 하티를 안고 서성거렸다. 청소부가 식탁에 붙박인 듯 앉아서 자기가 하는 짓을 다 보고 있어도 별수 없었다. 그냥 이대로 시간이 멈춰 버렸으면. 뭔가를 느끼고 생각한다는 게 지금은 치욕이었다.

"좀 알아야겠다."

겨우 잠든 하티를 뉘자마자 청소부가 장미를 불러냈다. 그녀가 콘솔 위에 있던 초음파 사진을 들어 보이며 하티냐고 물었다. 장미는 고개를 저었다.

"저 애, 네 아기야?"

끄덕끄덕.

청소부가 한숨을 몰아쉬었다.

"어디서 데려온 거야? 너, 이거 보통 일 아냐."

장미는 고개를 숙였다.

"그러니까, 쟤가 그 망할 놈 애라는 거지?"

장미의 눈동자가 불안하게 흔들렸다. 청소부가 숨을 거칠게 토해 냈다. 장미는 고개를 떨군 채 손을 만지작거렸고 거스러미가 눈에 거슬려서 잡아뗐다. 또 피가 맺혔다. 아까 넘어질 때 긁힌 상처에는 그사이 피가 굳어 있었다.

"이건 범죄야."

청소부의 단호한 그 말은 장미의 머리를 마비시킬 만큼 강했다. 범죄. 장미는 울음이 터지려는 걸 간신히 참으며 고개를 저었다. 장미는 혼란에 빠져 버렸다. 청소부가 자기를 경찰에 넘기려는 것 같아 위기감을 느꼈고 잃어버렸던 아기를 찾아왔을 뿐인데 왜 그런 소리를 하는지 이해하지 못했다.

"그냥 넘어갈 일 아냐. 이건……."

장미는 다 말하고 싶었다. 청소부가 화나지 않게. 걱정하지 않게. 더는 어떤 문제도 생기지 않게. 무슨 일이 있었는지 다 설명하고 싶었다. 하지만 말이 나오지 않았다. 그저 눈물만 쏟아졌다. 장미가 할 수 있는 건 그동안 진주와 이모에게 보냈던 문자를 보여 주는 것뿐이었다. 그리고 종이에 적었다. 미안합니다. 정말 죄송해요.

"내가 미쳐……."

신음처럼 청소부가 중얼거렸다.

청소부는 장미의 전화기에 남아 있는 문자를 하나하나 확인했다. 몇 번이나. 그녀의 표정은 점점 어두워졌고 장미에게 뭔가 물으려다가도 속 시원히 대답 듣기가 어렵다는 걸 깨닫고는 그만둬 버렸다. 그녀는 입술을 깨물었고 그저 가슴 밑바닥에서부터 끓어오른 듯한 한숨을 쉬었다. 떨어져 앉았건만 그녀의 한숨에 섞인 끝탕의 역한 냄새가 장미한테까지 전해졌다.

길고도 힘겨운 밤이 지났다. 청소부는 안방에서 뒤척였고 장미는 기절하듯 까무러쳤다가도 하티로 인해 놀라 깨곤 하면서 밤을 보냈다.

한밤중에 진주로부터 문자가 왔다.

-ok?

괜찮은지 묻는 듯했다. 붙잡히지 않고 무사히 왔는지.

-ㅇㅇ

-잘살아기지배야

-너두

-나이제너몰라안녕

안녕. 그 글자를 장미는 한참 동안 들여다보았다. 숨 막히게 붙어 있는 글자들. 진주가 떠났다는 게 느껴졌다. 어디서이걸 보냈을까. 이렇게 적으며 진주는 웃었을까.

장미와 청소부는 조용히 아침을 먹었다. 마른 목구멍으로 음식 넘어가는 소리가 날 만큼 어색하고 불안한 아침이었다.

장미로 인해 청소부는 결국 일을 나가지 못했다. 제발 그런 일이 없기를 바랐건만 장미의 간절한 심정에도 불구하고 여자 경찰이 찾아왔다. 주민 센터 직원까지 데리고. 청소부가 그렇게 만들었다. 장미의 경계심은 하티를 더 끌어안게만들었고 이별을 알아채기라도 한 듯 하티는 자지러지게 울어 댔다.

그들이 오기 전, 음식을 차려 주면서 청소부가 설명하기는 했다. 확실히 하자. 저 애를 이렇게 데리고 있을 수는 없어. 이건 불법이고, 우린 처벌받을 수도 있어. 절차를 따라야 한다 소리야. 밥부터 먹여 둬라. 안 그러면 난 돕지 않을 거다.

장미는 꾸역꾸역 밥그릇을 비웠다. 청소부는 장미가 짐작만으로 알 수 있는 사람이 아니었다. 어른이다. 고모도 꺼린 자기를 챙겨 주고 편이 돼 주고 옷을 사 주고 집에 들이고 택시비를 내준 사람이다. 장미에게 유일한 어른. 유일한 의지. 그렇다고 장미가 안심한 건 아니었다. 설명을 다 이해하지도 못했다. 청소부가 나쁜 사람이 아니라는 것만 믿었다. 아니, 그러기를 바랐다. 간절히.

청소부가 식탁 귀퉁이에 놓였던 쪽지를 집어 들었다. 밤에 하티 분유를 타던 중에 장미가 적어 놓은 거였다. 제가 너무 나쁜 애라서 정말 죄송해요. 청소부가 마음을 풀고 용서해 주기를, 모든 걸 눈감아 주기를 바라는 마음에서 적은 거였다. 경찰에 연락할 줄 알았으면 남기지 않았을.

청소부가 장미를 물끄러미 바라보았다.

"넌 나쁜 게 아니라, 아픈 거야."

그 소리가 장미의 심장에 쿡 박혀 버렸다. 감당할 수 없게 몸이 떨려서 장미는 입술을 깨물며 고개를 숙였다. 말이 되지 못한 뜨거운 덩어리가 가슴에서 목구멍으로 기어올랐다. 몸이 뜨거워졌고 울음이 터져 나왔다. 입을 틀어막고 화장실로 도망치는 장미를 청소부가 붙들었다. 그리고 숨도 못 쉬게 끌어안았다. 청소부의 앞자락에는 조금 전에 만든 음식 냄새가 배어 있었다. 장미처럼 뜨겁고 장미처럼 떨고 있는 가슴이었다. 그 모든 것으로 장미는 믿었다. 괜찮을 거야. 나쁜 일 아냐.

경찰이 집 안으로 들어섰을 때 장미는 하티를 끌어안고 돌아섰다. 하룻밤 사이에 하티는 장미를 기억해 냈고 시선은 장미가 움직이는 대로 움직였다.

"우선 출생신고부터 하고요. 서류 없이는 아무것도 시작 못해요. 그다음 사안들은 법적 절차에 따라야죠."

여자 경찰이 말했다.

"노장미. 아직 환자잖아요. 차근차근 해 보죠."

말투가 아주 사무적이었다.

환자. 범죄자가 아니라.

경찰의 그 말에 장미는 다소 마음을 놓았다. 그러나 그뿐, 장미가 그 이상을 이해한 건 아니었다. 경찰과 공무원은 청소부와는 엄연히 다른 사람들이었다.

아주 많은 일이 벌어졌고 그 속에 놓인 자기 상황이 어떤지에 대해서 장미는 정확히 알지 못했다. J로부터 폭력을 당하고도 죄의식을 느끼는 성향인 데다 자기가 그리 모범적이지 않다고 생각하는 애였다. 실제로 청소부와 원장의 돈을 훔쳤고 거짓말도 좀 했고 지구대에서 조사를 받은 적도 있었다. 학교에서 정학당했고 편의점에서 물건도 몇 차례 슬쩍했다. 바로 어제만 해도 뭔가 일을 꾸미는 애들과 함께 있었다. 더구나 하티를 데려온 것을 두고도 청소부는 범죄 소리를 들먹였다.

이건 범죄야.

청소부의 이 말은 전적으로 장미가 잘못 받아들였다. 장미가 하티를 몰래 안고 도망친 사실을 두고 한 말이 아니었다. 여러 건의 문자 내용. 돈 보내라는 계좌번호. 그걸 통해서 짐작할 수 있는 사건이 범죄라는 사실을 인지할 만큼 장미는 성숙하지 못했고 명확한 상태도 아니었다.

서류에 없는 아기 하티는 은밀한 거래 대상이었다. 하티를 데려가기로 한 사람과 뚱뚱한 여자 사이의 거래 비용까지 밝혀졌는데 거기에 진주도 푼돈을 받고 가담했다. 그 여자와 진주가 어떻게 얽히게 됐는지는 더 조사할 사안이라고 했다.

어제의 문자를 끝으로 진주의 번호는 단절된 상태. 진주가 뚱뚱한 여자한테 푼돈밖에 못 받았다는 사실을 알고 덤벼든 게 바로 어제 그 패거리였다.

하티는 영유아 보육원에 맡겨졌다. 정말이지 장미는 하티를 그런 데로 보내기 싫었다. 시설 원장이 설득하며 누차 말하던 그런 곳. 그러지 않으려고 버티다 도망치고 결국 이렇게 돼 버렸지만 어떻게든 하티를 붙잡고 싶었는데.

지금은 그게 최선이고 절차라고 했다. 하티를 버리는 게 아니라고. 영영 헤어지는 것도 아니고 당연히 데려올 수 있다고. 다만 시간이 걸린다고. 일주일에 두 번 정해진 시간에 하티를 보러 갈 수 있다고도 했다.

장미가 하티를 놓은 까닭은 그렇게 간단하지도 분명하지도 않았다. 어른들에게 설득당하거나 현실을 깨달아서라기보다 자신에 대한 불신 혹은 의문에 부딪혔기 때문이었다. 사람들은 하티에 대한 장미의 감정을 기특한 모성이나 사랑이라고 단정 지었다. 장미 감정과는 무관한 단정이었다. 정작 장미는 하티에 대한 자기감정에 대해 확신을 갖지 못했다. 사람들이 말하는 그런 감정에 장미는 서툴렀고 무뎠다. 게다가 모성이라니. 아이를 낳았을 뿐 장미는 자기가 엄마라는 생각을 해 본 적도 없었다.

저녁 뉴스에 짤막하게 이 사건이 보도되었다. 경찰에 신고됐으니 보도되는 건 어쩌면 당연한 순서였다. 심야 뉴스에서는 이 사건을 좀 더 길게 다루었다. 아침 뉴스에서는 전문가의견까지 덧붙여 보도가 됐다. 어떤 방송에서는 J가 들먹여졌고, 장미에게 지갑이 털린 원장 얼굴이 모자이크 처리되어나오기도 했다.

"골치 아프게 됐네."

청소부가 전화를 끊으며 장미를 보았다. 몹시 난감해하는표정이었다. 청소부도 일이 이렇게까지 번질 거라고는 상상하지 못한 듯했다.

벌써 세 번째 인터뷰 요청. 사건을 추적해서 다큐멘터리로제작하겠다는 방송사들이었다. 학교 밖 청소년 문제니 불법입양이니, 청소년 성 문화 등등 타이틀도 접근 이유도 조금씩 달랐으나 목적은 단 하나, 장미를 카메라 앞에 세우려는의도였다.

낯선 번호로 장미의 전화기가 울렸다. 장미가 무심코 받았으나 말이 나오지 않는 상태라 청소부가 스피커 버튼을 눌렀다. 다큐프로그램 피디라는 여자였다. 그녀는 불법으로 입양

될 뻔한 아기를 포기하지 않고 찾아낸 장미의 행동을 칭찬하며 잠깐 만나자고 했다. 근처 카페에서.

"근처라고?"

청소부가 찡그리며 전화를 끊었다.

"아이구야. 그 망할 여편네 대신, 이제 기자들이 달려드는구나."

청소부가 속에 든 숨을 토하듯이 뱉었다. 그리고 장미를 빤히 보았다.

"널 속속들이 파헤치겠지. 만신창이가 될 거다."

장미는 차마 청소부를 마주 볼 수가 없었다. 원망과 후회 가득한 그 표정이 행여 자기를 밀어낼 것만 같아 두려웠다.

그녀의 한숨 끝이 떨리는 걸 느끼며 장미는 어두운 창밖으로 시선을 돌렸다. 청소부가 울기라도 하면 어쩌나 걱정이 됐다. 이런 일을 당하게 만들어서 너무나 미안했다. 미안하다고 할 수 없을 만큼 미안했다.

근처 카페가 어디인지 몰라도 기자들은 여기를 금방 찾아낼 것이다. 어쩌면 이미 알고 있을지도. J 엄마도 한 일, 기자들한테야 일도 아닐 테니까.

여기를 떠나야겠다고 장미는 생각했다. 그게 눈곱만큼이

라도 청소부를 위해서 할 일이었다. 그룹홈은 싫다. 거기는 숨을 데가 없다. 장미는 전화기의 문자 버튼을 꼭꼭 눌러서 속마음을 전했다.

—돈 빌려주세요. 꼭 갚을게요. 아무도 모르는 데로 갈게요.

청소부가 장미를 물끄러미 보았다. 그러다 지갑에서 돈을 꺼내 주었다. 거기 있던 전부를. 청소부는 냉장고에서 먹다 만 소주를 꺼내 마셨다. 장미 때문인지 소주 탓인지 청소부의 눈이 빨갛게 충혈되었고 눈물이 맺혔다.

"어떻게 하필, 너 같은 애가 나한테 왔을까."

청소부가 또 깊은 숨을 몰아쉬었다. 그게 원망인지 청소부 자신에게 던지는 의문인지 장미로서는 알 수 없었다. 미안하기 짝이 없는 사람의 얼굴에 눈물이 흘러서 장미는 저도 모르게 손을 뻗었다. 청소부가 얼굴을 피하며 중얼거렸다.

"난 걔를 기다렸는데. 걔를 봐야 하는데……."

다시 술을 따랐다. 잔이 넘쳤다.

"살아 있겠지. 어딘가에."

술잔이 또 넘쳤다.

"스무 살도 어리긴 마찬가지야. 나도 많이 무서웠다."

청소부가 소리 죽여 울었다. 그녀가 누군가를 속에서 끄집어내고 있었다. 장미는 아득히 절망했다. 어쩌면 그래서 청소부가 보육원이나 입양 단체와 관계가 있는 사진관에 실낱같은 연을 맺고 있었는지도 모른다고 생각했다.

그녀의 아이는 따로 있었다. 어딘가에. 그 애는 장미가 아니었다.

청소부가 어디론가 전화를 걸 때 장미는 방에 들어가 어둠에 갇혔다.

가로등 없는 밖은 캄캄했다.

13.
보이지 않는 손

택시가 두 남자와 한 여자를 지나쳤다. 언덕길 탓인지 카메라 가방 때문인지 그들은 약간 구부정하게 걷고 있었다. 보나마나 아까 전화한 사람들일 것이다. 장미의 몸이 본능적으로 움츠러들었다. 사실 장미가 그들에게 거부감을 가진 것은 뭘 알아서라기보다 순전히 청소부의 염려 때문이었다. 널 속속들이 파헤치겠지. 만신창이가 될 거다.

"어두워. 걱정 마."

벤이 장미의 옷가방을 톡톡 건드렸다.

택시가 연립주택 골목을 빠져나올 때 장미는 뒤를 돌아다보았다. 3층 베란다는 어두웠다. 청소부는 문을 열지 않을 것이다. 술 마시고 잠들어 버릴 거라고 했다.

청소부가 벤에게 도움을 청했다. 아무도 찾지 못할 곳으로 장미를 데려가라고. 장미는 망설이지 않고 따라나섰다. 거기가 어디라도 가야 했다. 적어도 거기는 청소부와 벤이 아는 곳일 테니까. 막연한 상황이건만 묘하게 설레고 자기 하나를 위해서 움직여 주는 사람들이 있다는 신뢰감까지 생겨나 두렵지 않았다.

너무 늦은 시간이라 거리가 한산했다. 가게들은 거의 닫혔고 골목을 비추는 가로등은 뿌옜다. 벤이 장미의 가방을 들고 앞장섰다. 오빠 같아. 문득 그런 생각이 들었다. 다리를 절면서도 가방을 들어 주는 모습이 또 불쑥 가슴을 건드려 장미는 마른침을 삼켰다. 오빠는커녕 그런 말조차 입에 담은 적 없음을 상기하며.

나지막한 한옥들 사이로 난 골목. 밤새도록 영업하는 동네도 많은데 이곳은 전체적으로 조용하고 인적이 드물었다. 가끔 어떤 집 담장 너머에서 개가 짖었다. 어색해서인지 장미가 걱정스러워서인지 벤이 몇 번쯤 장미를 돌아보았다.

"여기야. 선생님, 기다려."

아치형의 주물 대문 앞에서 벤이 벨을 눌렀다.

장미는 주물 살 사이로 훤히 보이는 정원과 그 끄트머리의 흰 건물을 바라보았다. 어떤 곳일까. 선생님이란 누구를 말하는 걸까.

견고한 스프링이 풀리는 소리가 심장을 건드리며 골목에 퍼졌다. 주물 대문이 양쪽으로 열렸고 자동으로 닫혔다. 아담한 정원 사이로 난 길로 장미는 벤을 따라갔다. 길 가장자리의 작은 조명. 큰 나무들 아래 나무 의자 몇 개. 유리창에서 번지는 불빛. 그리고 웃음소리. 가정집 같기도 하고 아닌 것 같기도 하고. 장미는 마치 다른 세상에 온 것만 같아서 보도블록에 자주 발 앞코를 부딪히며 두리번거렸다.

"어서 와요."

현관에서 벤이 말한 선생님이 맞아 주었다. 머리가 벗어진 중년 남자였다. 그 옆에는 아내로 보이는 여자가 개를 안고 있었다. 호기심과 경계의 눈초리를 감추지 못한 시츄. 그 뒤의 여러 사람들. 장미는 숨을 꿀떡 삼켰다. 미아 수니가 소파에서 고양이 등을 쓰다듬으며 장미를 보고 있었다.

"저녁은 먹었니?"

선생님이 물었다. 장미는 고개를 끄덕였다.

주방 쪽에서 누군가 소란하지 않게 기타 줄을 뜯고 있었고 흥얼흥얼 영어 노랫소리도 흘러나왔다. 벽에 걸린 십자가 와 성경 구절, 색유리가 끼워진 창문을 보며 장미는 꼭 교회 같다고 생각했다. 중앙의 나선형 계단은 작은 홀처럼 보이는 이 층으로 연결되어 있고 계단 옆 피아노가 놓인 자리는 무대처럼 보였다.

"얘기 들었겠지만, 여기는 해외 입양인들이 잠시 머무는 곳이야. 우리 부부만 빼고, 모두 외국에서 온 사람들이지. 자기 뿌리를 찾아온 사람들. 오래 머물기도 하고, 며칠 있다 떠나기도 하고. 여긴 그런 곳이다."

"아, 선생님. 제가 아직 그 말을……."

벤이 나섰다.

"어떻게 설명해야 할지 몰라서. 여기로 온 거, 미세스 김, 아직 몰라요. 여기만 생각이 났어요. 지금 장미가……."

벤이 어깨를 으쓱하며 장미를 보았다. 장미가 난처할까 봐 걱정됐는지 벤이 살짝 웃었는데 아주 어색했다.

"장미. 이름이 꽃이네. 로즈. 꽃 중에 꽃."

시츄를 안고 있던 사모가 어색한 분위기를 풀어 주었다. 벤이 고개를 끄덕이며 장미를 보고 또 미소 지었다. 이번에는 자연스러웠다. 그러나 이름 때문에 늘 주눅이 들었던 장미는 이번에도 움츠러들었다.

몇몇 사람이 장미를 흘깃 보았다. 해외로 입양된 사람들. 미아 수니처럼. 그들은 자기 자리에서 장미를 잠시 보았을 뿐 표정에 호기심조차 없었다. 어쩌면 미아 수니처럼 이쪽의 대화를 알아듣지 못해서 그런 표정인지도. 미아 수니를 처음 봤을 때 같은 분위기가 그들에게도 있었다. 그리 낯선 외모가 아닌데도 묘하게 다른 표정을 가지고 있는 사람들.

벤은 선생님과 작은 소리로 이야기를 나누며 주방으로 가고, 장미는 사모를 따라 오른쪽 방으로 갔다. 네 명이 쓸 수 있게 양쪽으로 이 층 침대가 놓여 있고 입구에 옷장, 가운데 창문 아래에 꽃병이 놓인 탁자 하나가 전부인 단출한 방이었다. 두 개의 침대에는 누군가의 짐이 부려져 있었다.

"대강 들었어요. 걱정 말고 자."

사모가 빈 침대의 이부자리를 살펴보고 나갔다. 장미는 침대에 조심스럽게 엉덩이를 붙이고 앉았다. 마땅히 어떻게 해야 할지 몰라 전화기에서 청소부의 번호를 찾아 물끄러미 들여다보고 있는데 벤이 노크하고 들어왔다. 미아 수니와 주근깨가 많은 여자도 뒤따라 들어왔다. 벤이 주근깨 여자의 이름이 미리엄이라고 알려 주었다. 미리엄에게는 장미 이름을 로즈라고 말했다. 미리엄은 이마에 주름까지 만들며 다소 과하게 호감을 표시했다.

"장미. 여기에 잠시 있을 거야. 미세스 김이 올 거야. 아마도. 좀 정리가 되면."

차근차근 벤이 설명했다.

문득 장미는 부끄러워졌다. 벤이 자신에 대해 꽤 많이 알고 있다는 생각이 들어서. 세상일은 참 알 수 없는 거였다. 사진관 문으로 처음 들어오던 벤과 미아 수녀를 볼 때만 해도 여기서 이렇게 같이 있게 될 줄 상상이나 했을까.

미아 수녀가 벤에게 뭐라고 했다. 그들은 자기들끼리 한참 동안 이야기를 나누었다. 그 긴 이야기를 벤은 간단히 요약해 버렸다.

"장미. 미아는 내일 돌아가. 다시 만나서 반갑다고 했어. 미세스 김 초대 받았을 때, 장미 떠났다고 들어서."

벤이 어깨를 으쓱했다.

"sad, 섭섭했다?"

그 표현이 맞는지 모르겠다는 제스처에 장미는 저도 모르게 웃을 뻔했다. 묘한 기운이 전염되기라도 한 듯 미리엄이 어깨를 으쓱하며 웃었고 미아 수녀의 얼굴도 미소가 걸리며 장난스럽게 찡그려졌다.

장미는 미아 수니를 보고 탁자의 꽃으로 시선을 돌렸다. 정원에서 꺾었음 직한 청색 수국은 반쯤 시들어 꽃잎이 일부 떨어져 있었다. 이들은 초대를 받았을 때 이미 장미가 청소부의 집에 있다는 걸 알고 있었다. 미세스 김, 그러니까 청소부는 미아 수니가 떠나기 전에 식사를 대접했던 거다. 혹시 벤도 돌아가는 걸까.

"아, 나 돌아가야 해. 내일 첫 수업."

벤이 손을 들어 보이고 떠났다.

한동안 정적이 감돌았다. 자기가 침대 끝에 오도카니 앉아 있기만 하는 게 미아 수니와 미리엄까지 불편하게 한다는 걸 눈치채고서 장미는 조심스럽게 침대에 누웠다. 어느새 바깥에서 들려오던 기타 소리도 흥얼거리던 노랫소리도 멎었다.

미아 수니와 미리엄도 자기 침대에 누웠고 속삭이듯 저희끼리 몇 마디 나누었다. 그들의 말은 장미의 귓가에 작은 소음으로 머물다 사라지곤 했다. 장미가 알아들은 말이라고는 억양이 서툰 한마디였다.

"로즈. 스위치 오프."

로즈. 장미는 그 단어를 되뇌었다. 장미가 영어로 로즈인 줄 몰랐던 건 아니다. 그러나 이런 대체는 생각해 본 적 없었고 장미를 그렇게 불러 준 사람도 없었다. 당연했다. 천덕꾸러기 하찮은 여자애를 꽃처럼 봐 줄 사람도 없고 저 스스로도 예쁘다는 생각을 단 한 번도 한 적 없었으니.

방이 어둠에 잠겼다. 어둠 속에서 미아 수녀가 뭐라고 했다. 미리엄이 조금 웃었고 곧 장미에게 전했다.

"로즈. 미아가 말했어. 너는 참 예뻐."

착착착착.

할머니가 돌절구에 뭔가를 빻는 소리가 장미의 잠을 깨우고 있었다. 콩처럼 단단한 알갱이들이 이리저리 쏠리며 내는 듯한 소리. 절구질 소리가 집요하게 장미의 잠을 깨우며 딱 붙어 버린 것 같은 눈을 떼려고 들었다. 아파. 눈이 뜯어지겠어. 장미는 이리저리 뒤척였다. 할머니의 구시렁대는 소리는 절구질에 뚝뚝 끊어져 투덜거리는 건지 흥겨운 건지 종잡을 수가 없었다. 할머니가 말하지 않아도 장미는 알 수 있었다. 아빠 주려고 할머니가 맛있는 걸 만들어. 언뜻 남자 얼굴이 어른거렸다. 그랬다. 낯익은 어떤 남자. 장미는 어이가 없어서 중얼거렸다. 말도 안 돼. 그 얼굴은 벤처럼 보였다.

착착착착.

장미는 잠자코 일어나 앉았다. 창문 너머에서 스프링클러 돌아가는 소리가 나고 있었다. 저 소리를 할머니의 절구질 소리와 혼동했다는 게 참 이상했다. 꿈이었지만 할머니의 곧은 등이 생생하다. 붉은 꽃무늬 옷을 입은 할머니는 엄마처럼 젊었다. 그건 분명히 착각이었다. 본 적도 없는 엄마가 어떻게 할머니 얼굴에 있겠나. 둘은 피도 섞이지 않은 남이었다. 게다가 벤이라니.

엊그제 주방에서 우연히 대화를 엿들은 탓이었을 거다.

장미가 컵라면에 물을 붓고 기다리는 동안 미리엄과 몇몇 입양인이 차를 마시며 미리엄이 다루게 될 기사에 대해 이야기를 나누었다. 미리엄과 같은 방을 쓰지 않았다면 알지도 못하고 관심도 없을 내용이었다. 시들어 가는 수국 옆에 미리엄의 기사 자료가 놓여 있었다. 입양, 구원인가 밀매인가.

그들은 진지했다. 미리엄 말고는 다른 방의 사람들인 데다가 함부로 낄 처지가 아니라서 장미는 라면이 뜨거운 물에 불어 가는 것만 물끄러미 내려다보았다.

스위스에서 왔다는 남자의 말투는 다소 히스테릭한 데가 있었다. 불안 증세가 의심스러울 만큼 말을 더듬고 습관적인 고갯짓을 하면서도 그는 대화를 주도적으로 이끌었다. 그들은 주방 한쪽에 그림자처럼 있는 애가 말을 못하는 줄 알기 때문이었는지 대화에 어울리지 않는다고 생각했는지 장미를 거의 신경 쓰지 않았다. 장미도 굳이 귀를 기울이지 않았다.

시종일관 그들의 표정은 우울했고 스위스에서 온 입양인은 격앙된 어조로 화를 내다가 나가 버리고 말았다. 누군가 서툰 한국말로 중얼거렸다. 생모가 만남을 거절했어. 두 번째 버림받은 거야. 줄곧 손가락으로 불안하게 탁자를 두드리기만 하던 여자가 비아냥댔다. 불분명한 말이었으나 장미는 대강 알아들었다. 그렇게 말하면서 그녀가 자기를 쳐다보는 듯한 눈길마저 느꼈다. 이 나라가 우리를 팔아먹어. 전쟁고아부터 지금까지. 이 나라는 입양에 대한 아주 길고 대단한 역사를 갖고 있지.

모두 한동안 침묵했다. 장미는 더 이상 김이 나지 않는 라면을 물끄러미 보며 하티를 생각했다. 하티를 입양 보내면, 저렇게 나이 먹고 찾아와서 저 사람들처럼 말하겠지. 상상도 못할 그런 날이 과연 있을까. 그때 자신은 어떤 모양을 하고 있을까. 장미의 엉뚱한 상상은 커피를 가지러 온 사모 덕에 비눗방울처럼 가벼이 사라졌다. 그러나 입양인 사이의 냉랭한 분위기는 여전했다.

컵라면을 갖고 나오려다가 장미는 멈칫했다.

"벤 에르니. 엑시트 회원이야."

"감상적인 결정 아니야. 벤은 진지하지. 난 이해해."

외국어와 한국어가 뒤섞인 대화를 장미가 다 이해하기란 역부족이었다. 한국어로 된 대화조차 들어도 이해하기 어려운 내용이었다. 장미가 알게 된 것은 벤 에르니가 엑시트라는 단체의 회원이고 그 단체의 일이란 자살 조력이라는 사실이었다. 여기에 대한 인터넷 정보는 너무 간단했다. 아무리 읽어도 장미는 납득할 수 없었다. 벤이 왜 그런 선택을 했는지. 정보에 맞춰서 짐작해 보면 벤은 치명적인 유전병을 갖고 있었다. 그게 장미를 너무나 우울하게 만들었다.

주방에서 봉사자들의 아침 준비가 한창이었다. 정기적으로 끼니를 담당하는 사람들. 대가도 없는 저런 행동을 기꺼이 하는 사람들이 의외로 많다는 사실을 장미는 여기 와서야 알게 됐다. 청소부도 그런 사람 중 하나인데 그때는 그녀의 행동을 보고도 믿지 못했고 이상하다고만 생각했다. 그들은 보이지 않는 손을 가진 사람들이었다. 드러나지 않게 누군가를 위해 애쓰고도 괜찮다고 행복하다고 말하는 사람들.

지하 강당에서 오늘 입양 아동 인권에 대한 특별 강연이 있고 기자들도 올 예정이다. 그래서 봉사자들이 좀 더 모였고 어쩔 수 없이 장미는 신경이 쓰이는 중이었다.

장미는 정원으로 나가고 싶었다. 스프링클러가 적신 잔디를 밟아 보고 싶었다. 전에는 생각지도 않았던 것들이 요즘은 가끔 강렬하게 장미를 충동질하곤 했다. 젖은 잔디를 맨발로 밟아 보거나 음식을 젓가락으로 깨작거리며 먹어 보기. 케이크를 귀퉁이만 먹고 밀어 놓는다든가 헐렁한 옷을 걸치고 소파에 게으르게 누워 보는 등등의 하찮은 짓. 그런 건 소망이나 버킷리스트라고 할 수도 없게 사소하지만 마치 섬세한 감각이 깨어나듯 강렬하게 장미를 건드리곤 했다.

착착착착.

소리에 집중하며 장미는 눈을 감았다. 꿈이 딸려 나오기라도 하듯 할머니의 절구질 소리가, 붉은 꽃무늬 등이, 아직도 경쾌하다. 장미가 맨발로 젖은 잔디를 밟는다고 누가 뭐라고 할 리 없었다. 욕구를 감추는 방식으로 성장한 습관이 이 사소한 호기심조차 참게 만들었을 뿐. 여기서는 아무도 장미를 건드리지 않았다. 아무것도 요구하지 않았다. 그림자처럼 조용히 있어도 괜찮았다.

그림자처럼 조용히. 가능하면 그림자도 보이지 않게.

장미가 그렇게 지내는 건 그럴 수밖에 없어서였다. 여기는 누구의 집도 아니었다. 떠나기 위해 잠시 머무는 곳. 아무도 그렇게 말하지 않았지만 여기는 그런 곳이었다. 하필이면 힘들고 지치고 슬픈 기억을 가진 사람들이 잠시 머물다 떠나는 정류장 같은 곳. 장미도 마찬가지였다. 아니, 여기서도 장미는 타인이었다. 결국 어디로든 가야 할 타인. 다른 사람들과 다른 이유로 온 까닭에 장미가 내면의 불안감을 떨치지 못하는 건 너무나 당연했다. 더구나 오늘은 더 조심해야 한다. 혹시 누군가 알아보기라도 한다면 감당해 낼 수 없을 거라고 장미는 생각했다.

벌써 일주일. 청소부는 딱 한 번 다녀갔다. 그것도 장미가 심리 치료차 병원 간 사이에. 장미는 그녀가 왜 왔는지 굳이 알려고 들지 않았다. 화장실에 갈 때마다 거울을 보며 말하는 연습을 하는 중이고 간단한 소리는 나오기도 하지만 사람들과는 일부러 소통하려 들지 않았다. 여기서는 그게 더 편했다. 선생님을 통해서 들은 이야기라고는 J 엄마가 여전히 찾아온다는 것. 방송국에서 장미 없이도 다큐프로그램을 제작하고 있다는 것. 카메라가 이미 시설의 하티까지 담아냈다는 것. 그 소리는 장미를 슬픔에 빠뜨렸다. 하티가 너무 일찍 골칫거리로 공개되지 않겠나.

그동안 미아 수니가 떠났다. 장미는 같은 식탁에서 그녀와 두 번 식사를 했다. 그녀는 매운 걸 먹지 못했다. 잡채를 좋아했고 두부를 잘 먹었다. 두 달이나 머물렀지만 생모도 찾지 못했고 출생에 대한 어떤 정보도 끝내 얻지 못했다. 입양 가기 전에 잠시 돌봐 줬던 위탁모를 한 차례 만났을 뿐이다. 그녀는 한국에 다시 오지 않을 거라고 했다. 한국은 닫혀 버린 정원이야. 그렇게 말하며 담담한 척 웃었지만 눈이 충혈됐었다.

주물 대문을 나서기 전에 미아 수니는 장미를 안아 주었다. 큰 키를 구부리고 장미의 등을 토닥여 주었다. 장미는 아픈 고양이처럼 울었다. 다시 만날 수 있을까. 가슴이 저릿할 만큼 안타까웠다. 장미는 헐렁해진 옷 속에서 얼굴 내밀고 있는 용도 뱀도 아닌 문양을 바라보며, 순이가 박혀 있는 어깨를 바라보며, 미아 수니와 이별했다.

미리엄이 남아서 다행이라고 장미는 생각했다. 미리엄은 저널리스트 일과 학원의 영어 강사를 병행하며 한국인으로 살 거라고 했다. 서툴망정 그녀가 한국어를 쓰려는 이유였다. 외국인처럼 생기지 않아 강사 면접에서 번번이 퇴짜를 맞는 게 문제인데 그걸 어깨 으쓱하며 넘겨 버릴 만큼 쾌활하고 용감한 여자라서 장미는 미리엄이 마음에 들었다. 하티를 보러 같이 가 주기도 했다. 걔를 어떻게 설명해야 할지 몰라 망설이는 장미를 잠자코 안아 준 사람이다.

장미는 일찌감치 주물 대문을 나섰다.

봉사자들은 음식 준비로 바쁘고 선생님과 사모는 새벽부터 지하 강당으로 내려가 있어서 장미가 나가는 줄 몰랐다. 행사장 쪽으로는 얼씬도 하지 않을 생각이었지만 혹시라도 누가 위층 화장실에 올라온다거나 무슨 이야기 끝에 자기가 언급될지도 몰라서 아예 자리를 피하기로 했다.

어디로 가야 할까. 나서기는 했으나 장미는 막막했다. 시설에 있을 하티. 거기로 가고 싶었지만 아직은 그럴 수 없다. 여기로 피한 게 소용없어질 만큼 위험한 곳. 집요한 기자가 아직 있을 것이다. 미리엄이랑 같이 갔을 때도 쉽지 않았다. 그 많은 사건들이 아득히 먼 일처럼 느껴져도 고작 일주일 지났을 뿐이었다. 모든 일은 생각지도 못한 상황에서 벌어졌고 그런 일이 또 생기지 말란 법도 없었다.

마을버스 정류장에서 서성거리는데 뜻밖에도 벤이 나타났다. 벤을 만나리라고는 상상도 못한 터라서 장미는 멍하니 그가 절룩거리며 다가오는 모습을 지켜보았다. 장미를 데려다 준 뒤로 그가 나타난 것은 처음이었다. 오빠 같아. 또 그런 착각이 들었다. 저렇게 환하게 웃을 거면서 그따위 단체에는 왜 가입했을까. 다리를 저는 이유가 혹시 유전병 때문일까.

"하아! 놓칠 뻔했어."

벤은 땀범벅이었다. 얇은 셔츠 앞자락이 젖은 채 들러붙어서 민망하게 젖꼭지가 비쳤고 목덜미가 늘어져서 길게 팬 듯한 가슴의 상처가 살짝 드러났다. 벤은 몸이 작은 편이었다. 얼굴에 흉터도 있어서 저렇게 찡그리면 금방이라도 울 것 같은 표정이 된다.

"선생님이 금방 나갔다고 했는데, 하아! 정말 빠르네."

벤이 또 환하게 웃었다.

"같이 가."

비 오듯 흐르는 땀을 닦을 생각도 않고 벤은 스마트폰으로 뭔가를 검색하기만 했다. 그리고 마을버스를 탔다. 큰길까지 나간 뒤에는 광역버스로 갈아탔다.

장미는 잠자코 따랐다. 애초에 그러기로 작정하고 나온 듯 순순히. 벤이 보여 준 문자 때문이었다. 청소부가 보낸 주소. 왜 그런 걸 보냈는지 몰라도 길이 엇갈렸다면 같이 갈 수 없는 곳이었다.

벤은 모범생처럼 버스에서 내내 두껍고 어려운 책을 보았
다. 장미 눈에는 쉬운 영어 단어 몇 개나 보이고 그나마도 문
장으로 연결되어 단 한 줄도 이해할 수 없는 내용이었다. 일
부러 보려고 하지 않아도 목덜미가 느슨해진 셔츠 속의 상처
가 장미의 눈에 자꾸만 거슬렸다. 건드리면 아직도 좀 아플
것 같은 흔적. 윗부분 정도만 보이지만 가슴골을 따라 길게
난 상처라는 걸 짐작할 수 있는 수술 자국.

나란히 앉아서 아무 말도 하지 않는 게 어색하게 느껴질
즈음이었다. 언뜻 눈이 마주치자 벤이 살짝 미소 지었다. 장
미도 미소를 지었고 상처를 가리키며 궁금증을 표시했다. 벤
은 그걸 문지르며 창밖을 바라보았다.

"아기 때 수술했어. 아마도. 난 기억하지 못해."

장미는 고개를 끄덕여 주었다. 이해한다는 뜻은 아니었다.
그냥 그렇게라도 해야 할 것 같아서.

"심장 수술. 입양되기 전에."

이번에는 잠자코 듣기만 했다. 함부로 고개를 끄덕이면 안
될 것 같은 말이었다. 입양되기 전 아기. 기껏해야 걸음마나
하는 아기였을 텐데 그렇게 무서운 수술을 했다니. 기억을

못 한다지만 그때 그 어린 아기는 얼마나 아팠을까.

"누군가 여기를 열고 나를 들여다봤던 거야."

벤이 가슴을 쓰다듬었다. 아픈 아기를 만지듯.

"누구였을까. 뭘 봤을까."

벤의 목소리가 잦아들었다. 말끝이 떨리는 것 같아 장미는 가슴을 졸였다.

벤에게는 눈에 보이는 다른 흉터도 있었다. 다리도 조금 전다. 도대체 무슨 일을 겪었을까. 장미는 창밖으로 시선을 돌리며 책 위에 놓인 벤의 손등을 토닥여 주었다. 순간 그 손이 굳었다. 흠칫 놀라서 장미는 손을 뗐다.

"꼭 만나고 싶어. 스물아홉 살 전에."

생부모를 말하는 듯했다. 그런데 스물아홉 살. 왜 그 나이일까. 혹시 그때가 그 단체 회원이 된 이유일까. 엑시트.

"그들이 내게 확실히 남긴 건 MERRF뿐이야."

14.
몇 개월 아이

거부감은 공기로 전이되는 모양이라고 장미는 생각했다.

벤의 이야기를 듣는 순간 장미는 그가 부담스러웠다. 그의 말을 다 알아들은 게 아닌데도 갑자기 왜 이런 변덕스러운 마음이 드는지. 어쩌자고 그의 손까지 건드렸을까. 옆자리의 그가 너무 가까운 것도 그의 온기가 전해지는 것도 숨소리도 둘이서 어디를 가야 하는 이 상황도 불편했다. 청소부가 정말로 그런 문자를 보냈는지 의심스러워지기 시작했고 이제라도 벗어나야 하는 게 아닐까 조바심이 생겨났다. 그런데 벤이 이런 분위기를 알아챈 듯했고, 그가 알아챘다는 걸 감지한 순간부터 장미 속이 답답했다. 구토 증세가 도질까 봐 장미는 천천히 숨을 골라야만 했다.

혼잣말 같은 소리를 끝으로 벤은 입을 다물어 버렸다. 버스에서 내려 스마트폰으로 길을 검색하거나 통화를 할 뿐 장미한테 눈길도 주지 않았다. 하지 말아야 할 소리까지 하고 말았다고 후회하는 게 분명했다.

벤의 기분을 망쳤다는 생각에 장미는 미안하고 내내 신경이 쓰였다. 청소부의 전화 한 통으로 그에 대한 오해는 말끔히 사라졌으나 상대를 겨누었던 화살이 곧바로 저 자신에게 박혀 버리는 것까지는 어쩌지 못했다. 도움 주는 사람까지 의심해 버리는 모자란 주제가 너무 싫고 한심한 것이다. 장미는 감정을 다스리기 위해 속으로 무던히 애를 써야만 했다. 그리고 생각했다. 나 정말 환자구나. 아프구나.

벤의 말은 다 수수께끼 같았다. 꽤 많은 이야기를 꺼낸 셈인데도 제대로 알아듣지 못한 건 자기가 모자라기 때문이라고 장미는 스스로를 또 낮춰 버렸다. 고작 열여덟 살과 대학원생은 수준이 다를 수밖에 없다고. 그래도 최대한 장미는 자기 수준에서 벤을 이해했다. 모두 다 쉽지 않은 인생을 살아 내고 있다고. 나쁜 일을 겪고도 잘 살아남았으니 다행이라고. 앞으로도 그러면 좋겠다고.

그늘 한 점 없는 정류장에 청소부가 서 있었다.

그녀를 보는 순간 장미는 가슴이 저릿했다. 하마터면 달려가서 와락 안길 뻔했다. 왜 엄마는 단 한 번도 저렇게 기다려 주지 않았을까. 어째서 눈에 보이는 자리에 있어 주지 않았을까. 단 한 번도. 엄마란 저런 사람이 아닐까.

오늘 청소부는 왠지 전 같지 않았다. 원래 저렇게 등이 구부정했나. 어디 아픈 사람처럼 핏기가 없는 사람이었나. 머리는 파마할 때가 지났고 옷도 유행과는 거리가 멀다. 한마디로 나이가 좀 들어 보인다. 여전한 건 엄격해 보이는 표정.

걷다가 언뜻 청소부와 손이 스쳤을 때 장미는 우뚝 서 버렸다. 그 짧은 순간의 온기. 그 손이 장미의 어깨를 억세게 붙잡은 적도 있고 물수건으로 허벅지를 닦아 주기도 했다. 그때는 몰랐던 온기가 그 짧은 순간 옮아오다니. 장미는 청소부를 바라보았다. 생각지도 못한 감정이 꿈틀했다. 아줌마는 그냥 아줌마로 있어도 돼요. 부탁해요. 나 혼자 몰래 딸이 될게요.

"혹시, 거기다 두고 온 거 있니?"

청소부가 물었다.

장미는 금방 대답하지 못했다. 그러나 곧 고개를 저었다. 그렇게 말할 곳이라고는 떠나온 거기뿐이었다. 두고 온 것이라고 해 봐야 칫솔과 손거울 정도. 중요한 건 아니었다.

청소부와 벤이 나란히 앞장서 가면서 대화를 나누었고 장미는 잠자코 따라 걸었지만 꽤 많은 걸 알 수 있었다. 그 사이 청소부가 여기로 집을 옮겼다는 것. 귀찮게 구는 사람들 때문에 당분간 주소는 그대로 둘 생각이라는 것. 일자리를 여기서 알아보는 중이라는 것. 주말에 민들레의 집에 갈 거고, 미아 수니로부터 잘 지내고 있다는 연락이 왔다는 것까지.

그들은 그런 사이였다. 어머니와 아들 같기도 하고 친구 같기도 한. 남이지만 제법 잘 지내는. 이게 사진관 때문이라면 놀랄 일이었다. 장미 기억으로 저들이 만난 건 분명히 씨엔톡 모임이 처음이었다. 장미가 어떻게 생각하든 사진관은 그런 곳이었다. 장미는 고개를 저었다. 이번에도 자기가 받아들이고 싶은 대로 받아들이고 만 것이다. 자기중심적인 편견 덩어리. 겉치레 같던 사장의 행동이 사실은 뭔가 해내고 있었다는 사실을 왜 몰랐을까..

위축된 기분 탓에 장미는 자꾸만 뒤처졌다. 뒤 한번 돌아보지 않고 자기들끼리만 대화에 빠져 있는 모양을 참고 보자니 감정이 점점 상했다. 어차피 대화에 낄 처지도 아니라 유치하게 굴기 싫은데 아무리 감정을 다독여도 그들 속에서 자꾸 밀려나고 있는 기분을 어쩌기가 어려웠다. 뒤에서 장미가 어떤 감정에 시달리든 그들은 별로 신경 쓰지 않았다. 걸음을 멈추든 일부러 발짝 소리를 내든 소외된 감정에 불안을 느끼든 말든. 속이 꼬여서 장미가 돌멩이를 걷어찼을 때서야 청소부가 못마땅한 얼굴로 돌아보았다.

"자알 하는 짓이다."

벤이 빙긋 웃었다.

그들은 또 자기들만의 대화를 이어 갔다. 장미는 속을 들킨 게 창피해서 잠자코 따라갔다. 그들을 질투할 처지가 아닌 줄 깨달은 뒤에야 진정이 된 것이다. 한편으로는 뭐랄까, 함부로 툭 내뱉은 청소부의 한 마디가 진정제가 돼 주었다. 철딱서니 없는 딸을 면박 주는 엄마의 말투였다고나 할까.

오래된 주택의 대문을 열고 청소부가 먼저 들어갔다. 골목의 가장 안쪽 집. 마당에 풀이 무성하고 벽의 페인트가 벗겨진 것으로 보아 오랫동안 비어 있던 집이었다. 계단마다 놓인 화분은 멋대로 자라다 말라죽은 풀로 흉물스럽고, 병들었을 게 분명한 땡감을 잔뜩 매단 감나무는 창문에 닿을 정도로 기울어져 있었다.

장미는 계단에 엉덩이를 붙이고 앉았다. 벤은 채 영글지 못하고 떨어진 땡감 몇 개를 주웠고 청소부는 감나무 가지에 걸린 채 녹슬어 버린 호미를 찾아냈다.

"이거 먹어도 될까요?"

"떫어서 못 먹지. 한번 맛을 보든가."

"마당 좁은데, 나무가 너무 커요. 열매도 먹을 수 없고."

"이 나무도 처음엔 작았겠지."

"관리가 안 됐군요."

"땡감도 먹을 수 있다네. 서리 맞을 때까지 기다리면 돼. 단감이면 좀 더 일찍 먹을 수 있고. 난 땡감도 일찍 먹는 방법을 알아."

"방법?"

"어렸을 때 우리 집 마당에도 땡감 나무가 있었지. 씨알도 작은 게 씨는 어찌나 많은지. 홍시가 될 때까지 기다리다 보면 새들이 다 파먹어 버려서 엄마가 미리 따곤 했어. 그리고 침시를 만들어서 줬지."

"침시?"

"바늘로 찔러서 소금물에 담가 두는 거야. 그러면 땡감도 얼마나 달고 맛있는지. 나도 지용한테 그 맛을 확인시켜 줄 수 있겠는걸."

청소부가 벤을 지용이라 불렀다. 벤의 한국식 이름. 청소부는 그것까지 알고 있었다. 벤과 청소부는 이미 그렇게 통할 만큼 자연스러운 사이였다.

"서류 문제없나요? 부부, 아이 키워 본 조건, 중요하잖아요. 경제력도 중요하고. 아, 그러니까, 미세스 김은 싱글."

호미에 불그스름하게 들러붙어 있는 녹을 떼어 내던 청소부가 장미를 쳐다보았다. 장미는 이 대화가 자기와 관계돼 있다는 걸 직감했다.

"보기보다 내가 좀 복잡한 사람이야. 서류상으로 나한테는 아직 남편이 있어. 당연히 딸 둘을 키웠고. 남편은 다른 데 있고, 내가 낳은 딸들도 아니지만 말이지."

벤이 주섬주섬 주웠던 땡감을 나무 아래에 놓고 손을 털었다.

장미의 눈은 벤의 행동을 보고 있지만 귀는 청소부에게 집중돼 있었다.

"당연히 일도 할 수 있고, 정기적으로 생활비도 받아. 그러면 됐지. 문제는 저 골칫덩이야. 노장미. 미성년 시간이 얼마 남지 않았거든."

청소부가 일부러 찡그리며 장미를 다시 쳐다보았다. 투덜거리는 말투에 찡그린 표정이지만 그게 청소부의 방식인 줄 장미는 알고 있었다. 한 집에서 산다는 건 그런 걸 받아들이는 시간을 의미한다.

"몇 개월만 지나면 성인이 돼. 보호자가 필요 없다는 나이. 서류상으로."

장미는 제 발끝만 빤히 보았다. 무슨 말이 나올지 몰라 가슴이 두근거렸다. 진땀이 돋는 손바닥을 다리에 문지르며 장미는 청소부를 보았다.

"생각할 시간이 필요했어. 노장미한테는 내가 필요한 것 같은데. 몇 개월 아니라 앞으로 몇 년 동안은. 안 그러냐?"

청소부가 장미에게 물었다. 보호자가 필요하냐고.

장미는 손바닥 문지르기를 멈추었다. 손가락의 거스러미가 또 거슬렸지만 이번에는 참았다. 상처가 낫기 무섭게 영락없이 또 살갗이 일어나곤 하던 고질적인 자리. 거기를 가만히 눌러 주었다.

"아이구야. 쟤가 이제 귀까지 안 들리는 모양이네."

벤이 웃음을 터뜨렸고 청소부는 구시렁대며 호미를 다시 나뭇가지에 걸었다.

장미는 계단에서 내려가 뒤에서 청소부의 허리를 안았다. 몇 번이나 이렇게 하고 싶었는데 청소부가 움찔해서 둘 사이에 잠시 어색한 기류가 흘렀다. 어색하게 닿은 가슴과 등. 청소부가 틈을 메우기라도 하듯 장미의 팔을 잡아당겼다.

"서류가 정리돼야 하틴가 하는 애도 데려올 수 있어. 아직은 아냐. 준비가 안 됐잖아. 너부터 커야 뭐라도 하지. 일단 시설 쪽에서 노하영으로 출생신고를 했다. 하티는 좀 이상하잖아. 한 글자씩 모아서 이름을 만들어 봤는데, 괜찮으냐? 이름 바꾸는 거야 어려운 일도 아니고, 싫으면 나중에 얼마든지 알아서 해."

짓궂게 말하는 사람의 허리를 장미는 더 힘껏 안았다. 청소부가 손을 뒤로 돌려서 이상하게 업힌 듯한 애를 토닥였다. 몹쓸 가래가 그만 떨어지려는 듯 장미의 목구멍이 꿈틀거리고 있었다.

작가의 말

|

낯선 거리에서

참 오래 걸어온 듯하다.

처음 만난 시청 직원의 말에서부터 시작된 여정. 그때부터
자그마치 10년.

우리 인구와 대비할 때 놀라운 숫자다.

그날의 대화에서 내가 기억하는 건 정확한 입양 통계가 아
니었다. 입양인을 자신과 엄연히 구분 짓는 듯한 뉘앙스의 '우
리'와 미간에 주름을 만들던 그녀의 표정. 그리고 식사 자리가
불편할 만큼 자꾸만 고개가 수그러들던 나 자신.

그때 나는 왜 부끄러웠을까. 얼굴이 뜨거워지는 모욕감의 정
체가 정확히 뭐였을까.

처음 만난 식사 자리에서 느닷없이 들었던 그 말이 그 순간
내게 얹혀 버렸다. 입양. 이 소리를 짊어지고 참 오래 걸어왔다.

떨쳐 내지지 않는 이물감을 안고 오는 내내 입안에 염증이 생기는 지병에 시달렸는데 그 원인이 몸이 허술해서라기보다 이 문제를 원고로 풀려는 욕심 혹은 스트레스가 너무 지독했다는 사실을 이제야 깨닫는다.

내부에서는 한 치 건너서 접하게 되던 이 문제가 외부에서는 빈번하게 마주치는 일도 마음 무거운 노릇이었다. 문학 행사 때문에 만나게 된 통역사나 교사, 행사장에서 만난 학생. 소개받은 사람의 가족이나 친구 중에 있다는 입양인에 대한 이야기를 나는 외국에서 번번이 들었고 비슷한 외모라도 언어가 달라서 아주 어색한 시간을 겪어 내곤 했다.

HC. Andersens Boulevard. 이 낯선 거리에서 만난 두 가지 장면이 아니었다면 아마도 불편한 에피소드 정도로 이 문제를 기억했을지 모른다. 담배를 피우며 동양 남자아이의 손을 잡고 가던 어떤 여자의 뒷모습. 그리고 확연히 다른 아이들 속에서 혼자 뭔가를 먹고 있던 까만 머리 여자애. 하필이면 그 여자애가 나를 쳐다보았고 우리는 눈이 마주쳤다. 당연히, 그 아이들 상황은 내가 상상하는 것과 다를 수 있다. 그렇다 해도 나는 이미 여기에서 벗어날 수 없었고 결국 해 온 습관대로 이야기로써 이 문제를 고민하게 됐다. 정보를 얻으면 얻을수록 괴로움이 늘고 정보에 갇히는 꼴이라 나는 나를 들볶았고 내 고민의 가치에 의문이 들어 자괴감에 시달려야만 했다.

나는 아직도 분명한 답을 얻지 못했다. 그때 왜 부끄러웠는지. 왜 모욕감을 느꼈는지. 이 문제가 나와 별개가 아니라는 점을 어렴풋이 알게 됐을 뿐이다.

얼마 전에 만난 화가의 작품은 좀 더 확실하게 인간적인 아픔을 각인시켰다. 어떤 사람은 자신의 이 상흔을 인간이 인간에게 가한 원초적인 폭력으로 받아들인다. 어머니가 누구인지 모르고 왜 그렇게 멀고 낯선 곳까지 가야 했는지 의문이었던 입양인 화가의 작품 속 여성의 얼굴은 하나같이 비어 있다. 이목구비가 없다.

파란 비닐봉지 이케아 가방에 들어 있는 얼굴 없는 여자아이. 심장과 핏줄이 길거리에 흘러나와 있는 작품 속 여자아이가 누구인지 그녀는 설명하지 않았다. 우리는 탁자를 마주하고 앉아 음식을 나눠 먹었을 뿐이다. 언어가 달라 대화가 쉽지 않았던 우리 사이에 메워지기 어려운 그런 거리가 있었다는 사실에 나는 또 마음이 무겁다. 그때 우리는 그저 웃으며 바라보았고 헤어질 때 잠시 안기만 했다. 뺨이 살짝 닿았을 때 그녀의 피부가 거칠다는 생각이 들어서 하마터면 쓰다듬을 뻔했다. 주제넘은 이 표현조차 거슬리는 밤이다.

황선미

270

황선미

충남 홍성에서 태어나 서울예술대학과 중앙대학교 대학원에서 문예창작을 공부했다. 1995년 중편 『마음에 심는 꽃』으로 등단한 후 마음 깊이 울리는 진솔한 문체로 모든 세대를 아우르는 다양한 작품 세계를 펼쳐 왔다. 특히 2000년에 출간해 밀리언셀러를 기록한 『마당을 나온 암탉』은 미국 펭귄 출판사를 비롯한 해외 수십 개국에 번역 출간되었으며, 영국 대형 서점 베스트셀러 1위, 폴란드 그라니차 선정 '2012 올해 최고의 책'으로 선정되었다. 2012년 한국 대표로 국제 안데르센 상 후보에 올랐고, 2014년 런던 도서전 '오늘의 작가', 2015년 서울국제도서전 '올해의 주목할 저자'로 선정되며 전 세계가 사랑하는 한국 작가로 자리매김했다. 문학 부문의 공적을 인정받아 2017년 제49회 대한민국문화예술상을 수상했다. 작품으로 『나쁜 어린이 표』, 『어느 날 구두에게 생긴 일』, 『인어의 노래』, 『뒤뜰에 골칫거리가 산다』, 『가끔, 오늘이 참 놀라워서』 등이 있다.

엑시트

1판 1쇄 펴냄—2018년 6월 1일, 1판 4쇄 펴냄—2023년 10월 13일
글쓴이 황선미 펴낸이 박상희 편집장 박지은 편집 장은혜 디자인 이경란 일러스트 황미옥
펴낸곳 (주)비룡소 출판등록 1994. 3. 17.(제16-849호)
주소 (06027) 서울시 강남구 도산대로1길 62 강남출판문화센터 4층
전화 02)515-2000 팩스 02)515-2007
홈페이지 www.bir.co.kr

ISBN 978-89-491-2178-9 03810

이 도서의 국립중앙도서관 출판시도서목록(CIP)은 서지정보유통지원시스템
홈페이지(http://seoji.nl.go.kr)와 국가자료공동목록시스템(http://www.nl.go.kr/kolisnet)에서
이용하실 수 있습니다. (CIP제어번호 : CIP2018014982)